HANA BOOK

No doubt lilac

HANA BOOK

www.boys-loves.fr

Traduit du japonais par Delphine Desusclade
Maquette : Justine Mouron
Responsable Editorial & Production : Tony Mr P

Dépot légal : Juin 2021
ISBN 978-2-38276-062-8
ISSN 2743-4435

Imprimé par GZ Digital Media as

Postface

Merci beaucoup d'avoir acheté No Doubt Lilac !
C'est mon deuxième maga ! Yay !!!

On peut dire que c'est un manga spin off de Inside Full Bloom, mais le couple OnoShibu a pris beaucoup plus de place que le couple KegoKana, et j'en suis très heureuse !

J'ai toujours envisagé mon premier BL comme une histoire avec deux couples principaux, et ça y est, ce rêve s'est réalisé ! Youpi !!

Merci pour tout à ma responsable et à toutes les personnes grâce à qui ce volume existe !! Je vous dois tant !
Merci d'avoir adopté KegoKana et de les soutenir !!! ♥
Je suis ravie d'avoir pu dessiner ces quatre personnages, merci encore !

k.k.wakame

Merci à toute l'équipe éditoriale et à S., ma responsable, ainsi qu'à Shirogawa et mes amis !

JE T'AIME...
KEIGO.
TOP
JE VEUX QU'ON VIVE ENSEMBLE.
MERCI...
D'AVOIR RÉUSSI...
À M'AIMER.
FIN

?
DIS...
IL Y A UN BON BOUT DE TEMPS...
TU M'AS DEMANDÉ CE QUE J'AIMAIS CHEZ TOI, TU TE SOUVIENS ?
ENCORE AUJOURD'HUI, IL Y A PLEIN DE CHOSES QUE JE COMPRENDS PAS, TU SAIS.
.....
MAIS...
J'AI FINI PAR ME DIRE QUE CE QUI IMPORTAIT, C'ÉTAIT LE FAIT QUE JE TE CROIE QUAND TU DIS QUE TU M'AIMES.
ET QUE JE ME SENTE SI BIEN QUAND JE SUIS AVEC TOI.
L'AMOUR A ARRÊTÉ DE ME FAIRE PEUR.

KANA...
TU TE RENDS COMPTE DE CE QUE TU ES EN TRAIN DE PROPOSER ?
GN
T'ES BIEN EN TRAIN DE ME PROPOSER QU'ON VIVE ENSEMBLE ? GENRE, OFFICIELLEMENT ?
.....
BEN, OUI.
AH !
SNIRFL
C'EST TROP D'UN COUP, LÀ ! JE M'Y ATTENDAIS PAS ! T'ABUSES ! CARTON ROUGE !
.....
CLAC
T'ES PAS CONTENT ?
BIEN SÛR QUE SI, CRÉTIN !
LA FERME.
CÂLIN
ALORS POURQUOI TU PLEURES ?
MAIS OUI, JE T'AIME AUSSI.

HMMM...
C'EST PAS TROP LOIN D'ICI, J'ESPÈRE ?
T'as dû prendre le train et tout...
HUUUM...
.....
QUOI ?
APRÈS LA FAC...
TU VOUDRAS QU'ON S'INSTALLE TOUS LES DEUX ?
C'EST TROP PETIT POUR DEUX, ICI.
ET CE SERAIT PLUS SYMPA QU'ON PUISSE PRÉPARER NOS REPAS ENSEMBLE.
.....
HUM...
ÇA CHANGERAIT PAS BEAUCOUP DE CE QU'ON FAIT ACTUELLEMENT, MAIS...

HM ?
POUSSE
POUSSE
QU...
HÉ !
TAP
GNN
H...
AH !
BRR
HMM...
FU
T'AVAIS FAIM, DONC ?
HAA
HAA
T'ES CHIANT...
HAA...
FUFU
FFF
AU FAIT...
C'EST OÙ, TON NOUVEAU JOB ?
CLING
FFF

SPRING IN BLOOM
CLAC
BONSOIR !
CLAC
OH, SALUT !
TU VEUX MANGER ? TU VEUX PRENDRE UN BAIN ?
OU TU PRÉFÈRES... MO...
BUH !
J'AI FAIM.
FF
J'AI FAIT DU OYAKODON ET DE LA SOUPE MISO. IL FAUT JUSTE LES FAIRE RÉCHAUFFER.
PAS DE SOUCI.
AÏEUH...
OH, SUPER, MERCI !
AU FAIT...
?
T'ES SUPER SEXY...
DANS CE COSTUME, KANA.
FFF

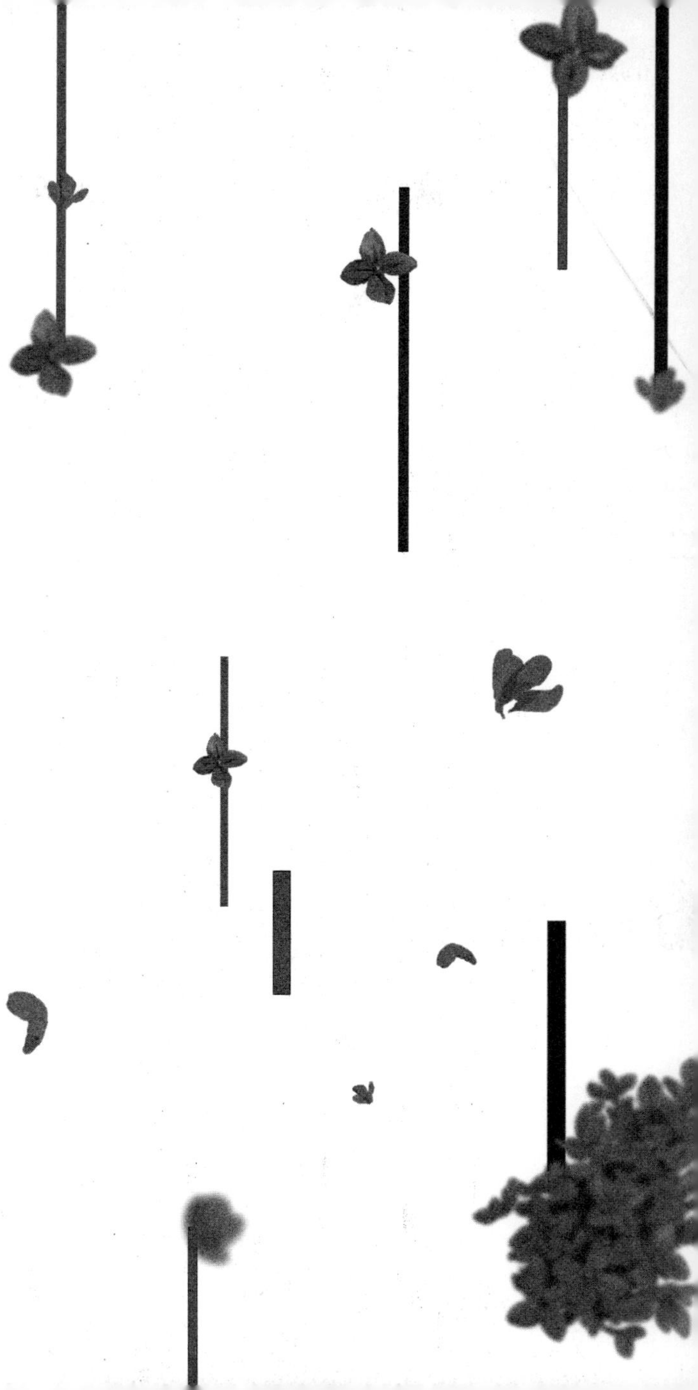

MAIS RIEN, ENFIN !
BRR
LÂCHE-MOI !
VA CREVER !
JE SORS.
GRML
GRML
BRR
PAC
SSSS
BRR
FRRR
MÊME SI JE CRÈVE, JE TE LÂCHERAI PAS !

A...
ÏEUH...
T'Y ES ALLÉ BEAUCOUP TROP FORT... FAUDRA Y ALLER MOLLO, LA PROCHAINE FOIS...
Mes reins...
TSS...
HM...
ENFIN !
DONC, TU PENSES DÉJÀ À LA PROCHAINE FOIS, TOI ?
BRILLE
SÉRIEUX, VA CREVER...
BRR
BRR
C'EST VRAI, J'AI PERDU MA DÉLICATESSE EN COURS DE ROUTE...
KEIGO
ON AURAIT TELLEMENT DIT QUE TU VOULAIS RESTER COLLÉ À MOI, L'AUTRE JOUR...
HOUMPH
GRR
QU'EST-CE QU'IL Y A DE MAL...
QUOI ?
GNI
QU'EST-CE QU'IL Y A DE MAL À PENSER...
GRAAAH
À LA PROCHAINE FOIS ?!
CRITICAL
PAC
AH !
POF
POUF

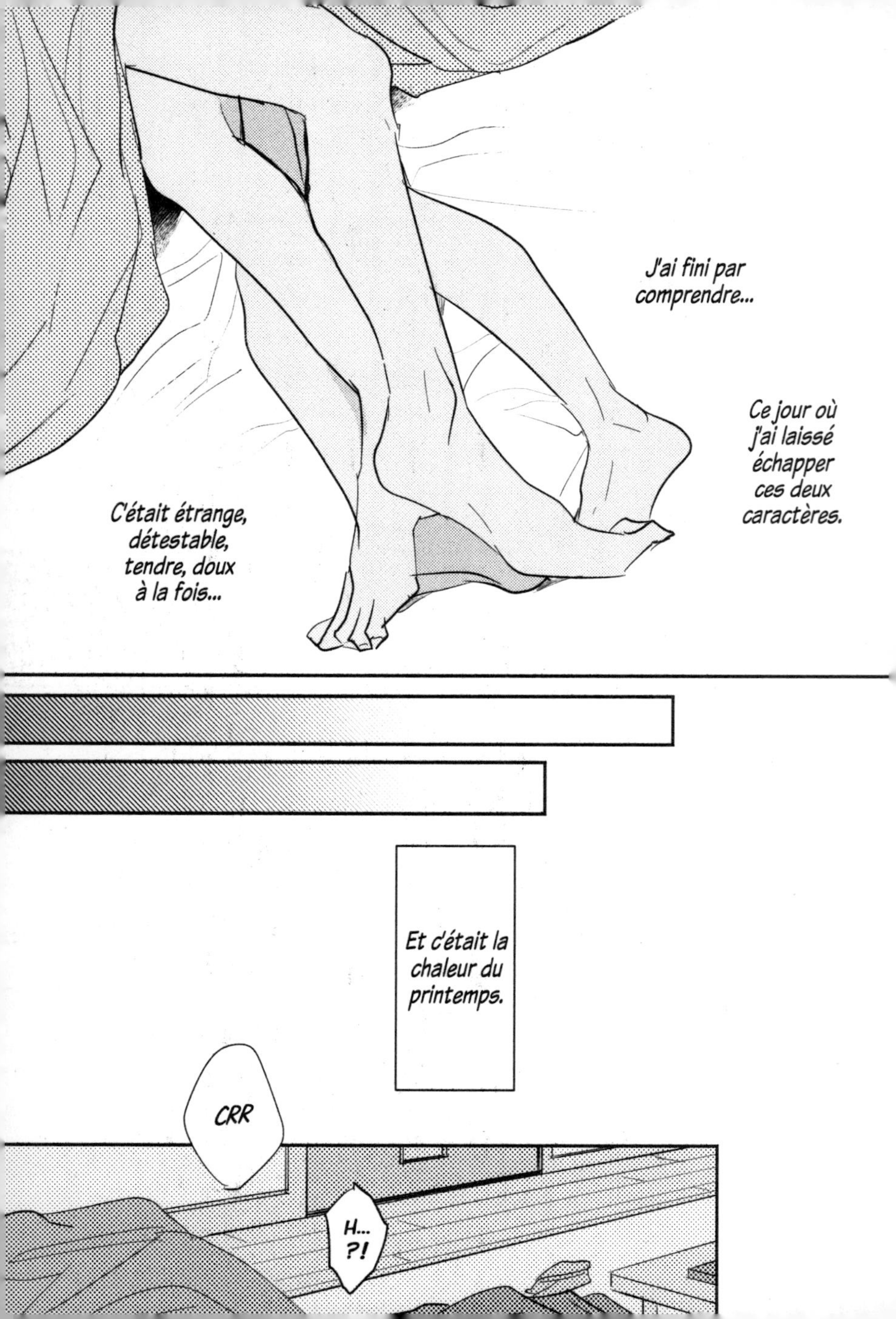

J'ai fini par comprendre...
Ce jour où j'ai laissé échapper ces deux caractères.
C'était étrange, détestable, tendre, doux à la fois...
Et c'était la chaleur du printemps.
CRR
H... ?!

KANA...
Rien que de prononcer son nom, j'ai le cœur qui se serre.
Et je suis incapable de me calmer.
KA... NA...
Je me sens entouré de chaleur, à l'intérieur comme à l'extérieur.
Je le dis sans même m'en rendre compte...
KANARU.
Ces deux caractères...

PARLE PAS... DE S'ÉLOIGNER L'UN DE L'AUTRE.
JE VEUX...
VRAIMENT PAS.
GNN
J'EN SUIS PARFAITEMENT CONSCIENT, ALORS...
JE VEUX PAS DE ÇA.
À PARTIR DE MAINTENANT, ARRÊTE DE TROP TE RAPPROCHER...
SERRE
DES AUTRES.
ON PEUT RESTER TOUS LES DEUX...
TU VEUX BIEN ?
KANA...

N'EMPÊCHE...
KANA...
SI TU VEUX QU'ON S'ÉLOIGNE L'UN DE L'AUTRE...
J'OBÉIRAI.
ENFIN, JE SAIS PAS COMMENT JE FERAI, MAIS...
C'EST GÊNANT, COMME CONVERSATION... C'EST LA PREMIÈRE FOIS QUE JE TE DIS CE GENRE DE CHOSE.
C'EST AUSSI LA PREMIÈRE FOIS QUE JE RESSENS ÇA POUR QUELQU'UN ET QUE JE PENSE COMME ÇA.
.....
?

.....
TES YEUX, TON ODEUR, TA VOIX...
COMMENT JE POURRAIS M'INTÉRESSER À QUELQU'UN D'AUTRE, MAINTENANT ?
JE SAIS QUE TU ES LE SEUL DANS MA VIE.
JE SUIS ACCRO À TOI. JE TE CONNAIS PAR CŒUR.
JE SAIS QUE TU PENSES QUE JE SUIS IMMATURE, MAIS...
MÊME SI T'ES UN PEU DUR AVEC MOI...
C'EST PAS SI MAL DE RESTER IMMATURE À TES YEUX.

FRR
HAA...
KANA...
T'AS DIT QUE J'ÉTAIS DÉSESPÉRANT, MAIS...
C'EST NORMAL.

HU...
AH !
H...
HAA
AH !
J'AI...
DÉJÀ JOUI...
ALORS...
GNN
SLAP
ARR...
HN...
SLAP
AH !
J'aime...
La façon qu'a Kana de s'accrocher à moi.
HU...
GNN
HAA
BRR
OOOOH.... AAAH...
AH ! HUUUM...
SQUISH
HM...
GLOUPS
HN
HN !
PLIC
HM...
H...
H...
HAA
SQUISH
HN...
SQUISH
BRR
PLIC
BRR
BRR
PLIC
BRR
BRR
GNI
HA
HM ...
BRR
BRR
HM...
Jusqu'à ce qu'il n'en puisse plus.
SLURP
MAIS SI JE LUI DIS, IL VA S'ÉNERVER.

SQUISH
HA
HA
H...
HN...
HA
SQUISH
PLIC
C... C'EST BON.
HA
OK.
ÇA SE SENT, QUE TU T'ES BIEN PRÉPARÉ...
H...
HA
GNN
AH !
SQUISH
SLP
SQUISH
SQUISH
BRR
HIC...
GN
OH !
BRR
FFF
BRR
ME...
TOUCHE...
BRR
AH !
PLIC
OH !
FFF

ME FUIS PAS, S'IL TE PLAÎT.
......
SERRE
SI TU CHERCHES UN PRÉTEXTE, DIS-TOI QUE C'EST DE MA FAUTE.
FFF
OK ?
H...
T'ES DÉSES-PÉRANT...
CRR

CLAC
ガチャ
KANAAA...
TU VEUX QUE JE LANCE LA SÉCHEUSE ?
WAAH !
.....
DOOOOOM
KANA ?
HÉ...
PLIC
PLIC
PLIC
LAISSE TOMBER, EN FAIT.
La tête de quelqu'un qui est perturbé parce que c'est la première fois qu'ils font ça autrement que sur un coup de tête.
SOURIRE
GNAP
HM.

HA...
SMACK
HN.
H...
AT-TENDS...
HM... ?
GNN
HÉ...
DEUX M...
POUSSE
HOUMPH.
HAA...
JE SUIS PAS PRÉPARÉ...
HAA
JE PRENDS MON BAIN D'ABORD.
PLIC
HAA
.....
JE DOIS ÊTRE DANS UN UNIVERS PARALLÈLE TROP COOL...
FFR
OK !
YES

EH BEN, ON EST TREMPÉS...
HAA...
Je voulais manger dehors...
CLING
ON DIRAIT QU'ON NOUS A BALANCÉ UN SCEAU D'EAU...
SPLOUSH
.....
TAC
CLING
.....
IL FAISAIT BEAU, CES DERNIERS TEMPS.
ÇA DEVAIT TOMBER À UN MOMENT OU À UN AUTRE...
PLIC
PLIC
.....
GNN
?
TAP
QUOI... ?
TU VEUX... ?
GNN
OK...

OH...
KANA ?
HM ?
POINTE
LÀ.
OOOH !
J'avais oublié de les remettre...
À QUEL POINT T'ES MYOPE, SÉRIEUX ?
TSS...
T'exagères...
WAAAAH !
T'ÉTAIS LÀ ?!
BEN OUI, J'ÉTAIS LÀ.
T'AURAIS DÛ RECON-NAÎTRE MA VOIX, QUAND MÊME...
T'abuses...
La ferme.
Hm ? Il pleut...

DING
DING
BONJOUR !
SALUT.
AH, T'ES LÀ !
TU FINIS BIENTÔT, NON ? ON PEUT ALLER MANGER ?
.....
?
PLISSE
ONO, TU LE CONNAIS ?
H...
ENCORE CETTE IM-PRESSION...

Qu'il fasse chaud...
Ou froid...
Tout ce que je sens sur ma peau...
Malgré les saisons qui défilent...
C'est la présence d'une chaleur qui vient de l'intérieur...
Elle ne fait qu'augmenter avec le temps...
Quelle que soit l'heure du jour ou de la nuit.
Et j'ai pu croire qu'elle était là depuis toujours...
SPRING SPRUNG
Mais en réalité, elle n'a rien de rationnel.
Et je viens tout juste de réaliser d'où elle venait vraiment.

VA TE RÉVEILLER PLUS LOIN !
AAAH !
PAF
Mais ?!
Quoi, à la fin ?
GRRR
CLAC
.....
.....
MERDE...
HM...
BRRR
JE...
IL A SUFFI DE ÇA POUR QUE JE BANDE...
PFFF
RONCHON DÈS LE MATIN...
FRSH
C'est quoi, son problème ?
FRSH
FRSH

SMACK
FU...
HM
GNN
SMACK
SMACK
H...
HM...
H...
FFFR
JE ME SENS......
SMACK
FUUU
SUPER BIEN...
FUUU
FUUU
?
HM ?
OH.
PLIC
Il vient de se réveiller.
SALUT.
HUM ?
EUH...
QUEWAH ?!
.....
BORDEL !
REFROIDI
HM ?
PAF

FRRSH
WAAAH !
MAIS...
ROULE
FLOUF
.....
!?
PLAC
HM ?
SMACK
BRR
HM...
FFFF
SMACK

ONE DAY
BRR
BRR
.....
FRRSH
Mauvais timing
J'AI BIEN FAIT DE VALIDER PLUS DE CRÉDITS...
DIRE QU'IL EN A ENCORE TROIS...
RONNNN
CRRR
TAC
?
!!
HU...
GNNN
HÉ !

HM...
C'EST NUL, ALORS JE VOULAIS PAS TE LE DIRE...
C'EST PAS MON GENRE, MAIS JE ME SUIS SENTI HYPER MAL, DEVANT CETTE FILLE, TOUT À L'HEURE.
LES GENS PEUVENT TOUJOURS COMPTER SUR TOI, ET...
Ce qui est bien, en soi...
ME FORCE PAS À EN DIRE PLUS, S'TEUPLÉ...
Je me sens trop con...
TU COMPRENDS, LÀ, NON... ?
.....
.....
DIS QUELQUE CHOSE...
POUF
Euh...
T'AS FAIT UNE CRISE DE JALOUSIE...
Une vraie...?!
KYAAAAAAAH
HÉ !
C'EST QUOI, CETTE RÉACTION ?!
Pardon !!

PLIC
HAA
OUI ?
JE SAIS QUE QUELQUE CHOSE NE VA PAS.
PLIC
TU VEUX VRAIMENT PAS ME DIRE ?
GNN
T'AS PAS CONFIANCE EN MOI ?
.....
RAAAAAAH ! ARRÊTE ÇA !!! PFFF !!
PAC
BRR

FRR
AH
OOH
HM...
CRR
CRR
BRR
HM... !
BRR
GNN
HU...
HA
AH !
HA
BRR
HUU...
BRR
GNN
OOH
AH !
BRR
HA
BRR
FFF
HAA
ATARU...
HM...

ON...
FFF
FAIT L'AMOUR, TU VEUX ?
.....
TOUT ROUGE
.....
.....
OUI !
HÉHÉ !
CRR

DIS...
ATARU.
QU'EST-CE QU'IL Y A ?
FLOUF
HM.
JE PEUX PAS COMPRENDRE CE QU'IL T'AR-RIVE SI TU ME PARLES PAS...
FFFF
RIEN, RIEN, VRAIMENT...
FFFF
AH, AU FAIT...

COMME TU VEUX.
ON PEUT ALLER CHEZ TOI.
HM ?
T'ES SÛR ?
OUI, OUI...
....?
HÉÉÉÉ !
EUH... SHIBU...
.....
ALLÔ ?

DÉSOLÉE POUR TOUT À L'HEURE.
......
TAP
Merci de ton aide !
JE T'EN DOIS UNE !
.....
Oh...
C'EST RIEN...
MERCI ENCORE POUR TOUT !
QU'EST-CE QUI S'EST PASSÉ ?
JE L'AI AIDÉE À LES RÉCUPÉRER.
TANAKA AVAIT UN PROBLÈME AVEC LES DONNÉES DE SON ORDINATEUR.
J'AI FAIM. TU VEUX MANGER QUOI ?

PFF
IL EN MET, DU TEMPS...
GARGL
J'AI FAIM...
......
ATARU !
TAP
DÉSOLÉ DU RETARD...
DÉSOLÉÉÉ...
J'AI FAIIIIM !
BOM
BOM
OH, ONO !!

Je file.
J'aurais sûrement fini avant toi, donc je t'attends.
OK !
Aa
TAP
À plus tard !
TAP
SHIBU, ON VA VOIRE UN VERRE, TU VIENS AVEC NOUS ?
OH, NON MERCI !
OH...
TU RESTES ENCORE UN PEU ?
C'EST RARE !
FOUS-TOI DE MOI !
Il est flippant, quand il s'y met...
À DEMAIN !
SALUT !
À PLUS !
ALLEZ...
CRR
CRR
GNNNN
ENCORE UN PEU...

FEEL LILAC
TAP
TAP
TAP
TAP
SHHHH
AAAAAAH !
J'EN PEUX PLUUUS !
GYAH
ÇA SUFFIT !
JE SUIS CREVÉ...
C'est trop dur
ALLEZ, COURAGE.
JE VEUX VITE PASSER MES EXAMS ET TOUT FOUTRE EN L'AIR !!!
PFFF
ÇA FAIT COMBIEN DE FOIS, DÉJÀ ? TU VAS SATURER, À FORCE...
BREF ! J'AI TROUVÉ UN ENDROIT SYMPA OÙ PRENDRE UN BREAK.
AH BON !
JE TE L'AI DÉJÀ DIT IL Y A TRENTE MINUTES, HEIN...
PFFF
PLING
Merci.
OK !
Aujourd'hui
Tu veux qu'on mange ensemble ?
Aa
KYÔSUKE...

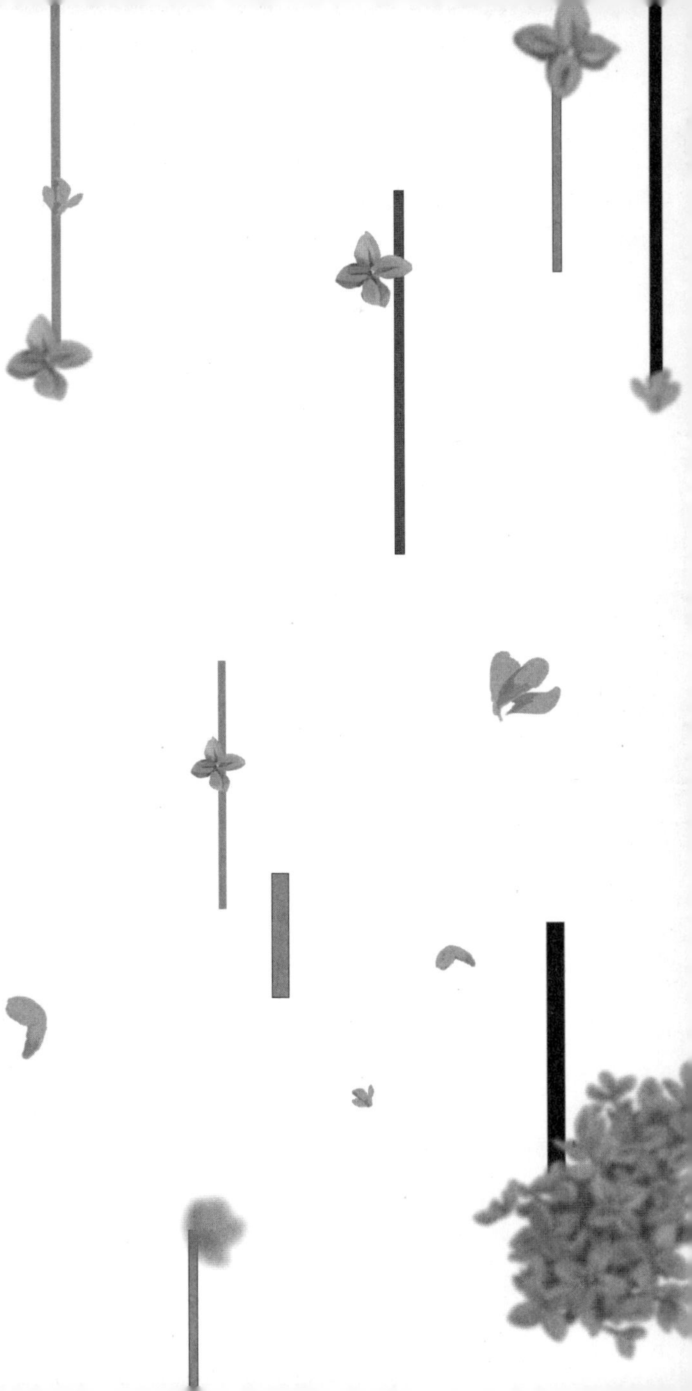

OUI !
POUR MOI NON PLUS !

EN AMITIÉ COMME EN AMOUR...
MÊME SI ON VOIT LES CHOSES DIFFÉREMMENT...
PEU IMPORTE, PARCE QUE...
MÊME SI ON EST DIFFÉRENTS...
JE TIENS À TOI PLUS QUE TOUT AU MONDE.
ÇA, C'EST QUELQUE CHOSE...
QUI NE CHANGERA JAMAIS.
FRR

JE...
MÊME SI JE M'EN ÉTAIS PAS APERÇU...
JE CROIS QUE JE T'AI TOUJOURS AIMÉ, KYÔSUKE.
.....

OH !
JE V...
BRR
H...
GNN
HM...
FU
SPLT
HAA...
FRR
HA
CRII
DIS...
KYÔSUKE...

HAA
HAA
KYÔSUKE...
C'EST BON, HEIN ?
HA
HA
HAA
SI C'EST BON POUR TOI...
HM...
C'EST FORCÉMENT BON POUR MOI AUSSI.
HAA
OUI...
FRR
SQUISH
HUM...
C'EST...
HA
AH
HAA
OH, TU...
HAA
CRII
CRII
TROP BON...
SQUISH
SQUISH
AH !
SQUISH
SQUISH
HAA
HU...
AH

BRR
AA
AA
AH !
BRR
HAA
HAA
AH
OH !
FFF
FFF
SERRE
GN
PLIC
BRR
HA
JE PEUX TE PRENDRE ?
HA
FFFF
FU
OUI...
FU
SERRE
POUSSE
GLUP
TU SOUFFLES, ÇA VA ?
HM
OUI...
GLISSE
HGU...
HAA
HA
AH !
FRR
HA
HU...
HMPH

AH !
HA
HA
JE...
AH
C'EST DIFFÉRENT DE LA PREMIÈRE FOIS...
BRR
GNN
SQUISH
BRR
SMACK
H...
SI TU CONTINUES...
JE...
BRR
BRR
OO OH...
AH
HU...
AH
HA
BRR
HA
HA
BRR
C'EST DOUX...
SQUISH
GNNN
PLIC
HUM ?

JE PEUX ?
OUI...
AH...
BRR
FR
SMACK
SLURP
CRR
HM
HA...
AH...
SMACK
HM...
AH
SMACK
SMACK
FU...
HA
AH !
SMACK

CLAC
HM...
H...
GNN
KYÔSUKE.
HA
JE PRÉFÈRE VRAIMENT...
QUAND TU SOURIS COMME ÇA.

CLING
JE SAIS PAS À QUEL POINT ON A DES BASES SOLIDES...
J'Y AI PAS TROP RÉFLÉCHI...
ET JE TROUVE TOUT ÇA UN PEU INCERTAIN...
ARGH
COMMENT ÇA ?!
MAIS SI TU LE DIS AVEC AUTANT DE CONVICTION...
JE SUIS OBLIGÉ D'Y CROIRE, MOI AUSSI.
C'EST MARRANT !
TAP

ET JE PENSE QUE LE PLUS IMPORTANT, C'EST QUE NOUS DEUX, ON ARRIVERA À QUELQUE CHOSE.
PARCE QUE...
ON EST AMIS DEPUIS TOUJOURS...
ET MAINTE-NANT, ON EST EN COUPLE.
ON EST PLUS COMPLÉMEN-TAIRES...
QUE N'IMPORTE QUI.
ON EST TROP FORTS, EN FAIT !
TADA
.....
HEIN ?
TU PENSES PAS ?
EUUUH...

SUIS UN IDIOT.
ET C'EST LA CHOSE LA PLUS IDIOTE QUE J'AI JAMAIS DITE.
À L'ÉPOQUE, J'ÉTAIS COMPLÈTEMENT À CÔTÉ DE LA PLAQUE.
J'AVAIS RIEN COMPRIS À CE QUE TU RACONTAIS, J'ÉTAIS JUSTE DÉCONTENANCÉ.
MÊME MAINTENANT...
JE PENSE TOUJOURS QUE C'EST BIEN QUE CERTAINES CHOSES NE CHANGENT PAS, MAIS...
HAHA
ÇA DEVIENT TROP COMPLIQUÉ, LÀ...
EN FAIT...
JE PENSE AUSSI QUE CERTAINES CHOSES SONT VOUÉES À CHANGER...
QU'ON RISQUE DE SE DISPUTER ENCORE...
MAIS QUE SI ON ARRIVE À COMMUNIQUER, ON POURRA TOUJOURS RESTER ENSEMBLE.

DIS...
STOP
HUM ?
À UN MOMENT...
TU AS DIT QUE TU VOULAIS CHÉRIR LES CHOSES QUI NE CHANGEAIENT PAS.
JE VOULAIS JUSTE TE DIRE QUE...
JE SUIS DÉSOLÉ QUE CERTAINES CHOSES AIENT CHANGÉ PAR MA F...
AAAAA AAAA AAAAA AAH !
?
DÉSOLÉ !
Au sujet de cette ré-flexion...
TU L'AS BEAUCOUP TROP PRIS AU PIED DE LA LETTRE !
DAH
EUH
.....
DANS LE MILLE
TU SAIS, JE...

FRSH
On le plie...
Comme ça...
ET ENSUITE...
VOILÀ !!!
MAINTENANT, TA MALCHANCE EST DIVISÉE PAR DEUX...
ET À NOUS DEUX, ON A QUAND MÊME UN RÉSULTAT POSITIF, NON ?
EN PLUS, ON DOIT COMMENCER À CHERCHER UN TRAVAIL...
N'IMPORTE QUOI...
IL VAUT MIEUX ESSAYER DE CONTRER LE SORT.
ON RENTRE ?
T'ES TROP BIZARRE...

YOUPI !
TADA !
REGARDE !
SUPER CHANCE !
Super chance
ET TOI ?
.....
MALCHANCE.
SANS COMMENTAIRES...
Super chance
Finances : rien à signaler.
Objets perdus : vous ne les retrouverez pas.
La personne que vous attendez : ne viendra pas. N'espérez rien cette année !
Travail : vous reste
BWAHAHA !
IL PARAÎT QUE C'EST ENCORE PLUS RARE DE TOMBER LÀ-DESSUS QUE SUR LE SUPER CHANCE !
SÉRIEUX ?!
T'ES PAS CROYABLE !
BOUDE
HIHIHI
.....
ATTENDS...
?
PASSE.
PAC

KYAH
DIS, DIS !!
KYÔSUKE !
HÉHÉ
HÉHÉ
QU'EST-CE QUE TU AS SOUHAITÉ, TOI ?
SI JE TE LE DIS, ÇA RISQUE DE NE PLUS POUVOIR SE RÉALISER.
BON. PEU IMPORTE...
UNE BONNE SANTÉ.
NUL !
QUOI ?!
PFFF
...
T'ES TROP TERRE-À-TERRE, KYÔSUKE !
ET TOI...
TU AS SOUHAITÉ QUOI ?
COMPTE
EUH, DE POUVOIR MANGER ENCORE PLEIN DE BONNES CHOSES CETTE ANNÉE, QUE TOUT LE MONDE AILLE BIEN, QUE J'ARRIVE À RETROUVER LA FIGURINE QUE J'AI PERDUE...
QUE JE PUISSE TROUVER UN JOB, QU'ON N'AIT PAS TROP DE DEVORS, QUE J'ARRÊTE D'AVOIR DES PANNES D'OREILLER...
COMPTE
C'EST PAS UN PEU TROP ?!
SHACK
BEN, LES DIEUX ENTENDENT TOUTES LES PRIÈRES...
POC
DONC PLUS J'EN FAIS, PLUS IL Y A DE CHANCES QU'AU MOINS UNE D'ENTRE ELLES SE RÉALISE, NON ?
SHACK

DONG
DONG
FFF
Y AVAIT AUSSI BEAUCOUP DE MONDE, AU FESTIVAL, CET ÉTÉ...
MAIS POUR LA NOUVELLE ANNÉE, C'EST QUELQUE CHOSE...
FFFUII
FFF
C'EST VRAI.
AU MOINS, COMME ÇA, LA FOULE NOUS COUPE DU VENT ET ON SENT MOINS LE FROID.
FFF
CLAP
CLING
CLING
CLAP

OH.
T'ES SÛR QUE TU VIENS PAS ?
KEIGO NON PLUS ?
ET...
KANA A LA VOIX TOUTE RAUQUE, ÇA VA ?
OUAIS. OK !
OK, OK...
À PLUS !
ILS VIENNENT PAS ?
NON.
KANA TE PASSE LE BONJOUR.
TAP
BON...
BEN ON SERA QUE TOUS LES DEUX.
YEP.

DIS...
ON EST BIEN, LÀ !
J'AURAIS CRU QU'APRÈS S'ÊTRE ÉLOIGNÉS COMME ÇA...
TOUT REDEVIENDRAIT EXACTEMENT COMME AVANT.
SERRE
.....
MAIS, EN FAIT...
J'AI L'IMPRES-SION QU'ON A QUELQUE CHOSE DE SPÉCIAL, MAINTENANT.
HÉHÉ
C'EST VRAI.

......
HM ?
T'ES RÉVEILLÉ ?
OUI...
JE SUIS RÉVEILLÉ.
ÇA VA ?
OH, EUH, OUI !
OK, TANT MIEUX.

RONNN
.....
ON EST
BIEN, LÀ...

ALARME
BRRR
FFF
BRRR
BRRR
FFFR
SHH
.....
HM...
J'AI OUBLIÉ DE COUPER MON RÉVEIL...
FFF

SI JE VEUX...
GNN
GNN
MAIS !
ÇA CHA-TOUILLE...
BWAH !
CLAC
FUFU
ARRÊTE DE RIRE !
C'est rien...
CLAC
FFF
BRR
BRR
BRR
FRR

EST-CE QUE JE PEUX PENSER QUE CE SERAIT BIEN...
QUE TU ARRÊTES DE PERCEVOIR ÇA...
COMME UN TRUC COMPLIQUÉ ?
......
SI TU VEUX.
POUF
FRR
PFF...
OK...

.....
ET TOI, ALORS ?
T'EN PENSES QUOI ?
OH.
AT-TENDS...
T'ES CURIEUX, EN FAIT, HEIN, AVOUE !
FUFU
PIQUE
PIQUE
NON.
PIQUE
PIQUE
C'EST PAS GRAVE, LAISSE TOMBER.
BEN, ALORS...
TAC
FRAF
CLAC
ALLEEEZ...
MAIIIS...
NON MAIS C'EST BON, JE VEUX PLUS SAVOIR.
ME SUIS PAS !
GRAH
TU SOÛLES !
.....
MAIS...
OUAIS...
?

?
FROTTE
C'EST CET ASPECT MUTUEL, MALGRÉ CETTE VISION PROPRE À CHACUN...
QUI ME PROUVE QUE ÇA EXISTE, JE DIRAIS...
QUE C'EST PAS JUSTE DE LA THÉORIE.
HM...
MÊME SI J'AI L'IMPRESSION QUE C'EST PIRE QUE LA LOTERIE...
T'ES SÉRIEUX ?
T'abuses...
POURQUOI TU YOYOTES COMME ÇA ?
T'as pas digéré un truc ?
HUUUUM...
BEN, J'ESPÈRE JUSTE QUE LE MEC QUI M'A DEMANDÉ ÇA S'EN EST SORTI.
Ah, juste ça ?
De toute façon...
C'ÉTAIT PAS UNE BONNE IDÉE DE TE DEMANDER À TOI, CLAIREMENT.
QUOI ?
MAIIIS !

.....
POUR MOI...
PAC
C'EST FLOU, COMME IMAGE.
C'EST COMPLIQUÉ.
ET HONNÊTE-MENT, ÇA ME FAIT UN PEU PEUR.
OK.
POF
JE PENSE QUE JE VOIS ÇA...
DE FAÇON UN PEU DIF-FÉRENTE...
MAIS...

ÇA SORT VRAIMENT DE NULLE PART...
QU'EST-CE QUE TU VEUX QUE JE FASSE COMME TÊTE...
SI TU ME BALANCES ÇA À PEINE RENTRÉ...
C'EST UN POTE QUI M'A POSÉ LA QUESTION.
CLING
カチャ
J'AI EU DU MAL À VOIR LA DIFFÉRENCE.
ALORS...
JE ME SUIS DEMANDÉ...
COMMENT TU POUVAIS VOIR LES CHOSES, TOI.
FRR
.....

Act. 5
ガチャン
CLAC
SALUT !
DIS, KANA… C'EST QUOI, L'AMOUR, POUR TOI ?
TAP
TAP
PFFF
ペた
GENRE, PAS L'AMOUR D'AMITIÉ MAIS L'AMOUR D'AMOUR.
HEIN ?
HÉ, FAIS PAS CETTE TÊTE !

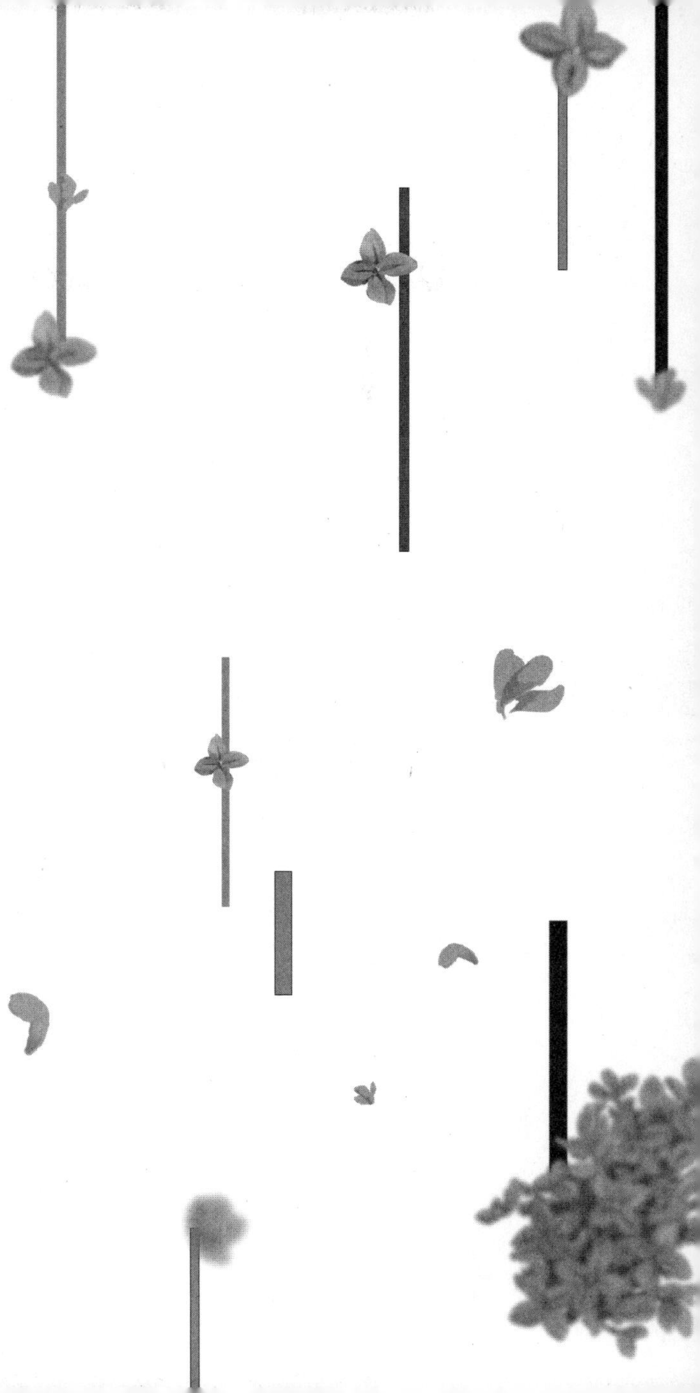

TIENS.
GNIII
HA HA HA
HU BUUUU HAAA...
FFFR
ON CONTINUE, MAINTENANT ?

COULE
JE VEUX PAS QUE TU ME VOIES...
GNN
PFFT
PFFF, TOI, ALORS ! TU PLEURES ET TU RIS TOUJOURS...
FROTTE
AU MAUVAIS MOMENT !
LA FERME...

SNIF
HM...
DIS...
KYÔSUKE...
GNN
QUOI ?
T'ES SÛR QUE TU VEUX PAS QU'ON SOIT DE FACE ?
FFFR
N... NON.

H...
FU
HM...
GN
FU
INSPIRE À FOND.
FFF
PLIC
BRR
EXPIRE.
HA...
FU
FU
HA
HA !
H...
SSSS
HN...
GNN
C'EST RENTRÉ.
PFF...
HAAA

NON, MAIS...
JE PEUX PLUS ATTENDRE, LÀ...
HM...
PLIC
GNN
QU...
FRR
HAA
BON, ALORS...
ROULE
ON CHANGE AU MOINS DE POSITION, QUE CE SOIT PLUS FACILE.
OK.
JE RENTRE.
SS
OK.

AH !
HU...
BRR
AH !
HA
SQUISH
FFF
ÇA VA ?
PLIC
FF
FF
OUI, ÇA VA.
HA
SQUISH
BRR
AH !
HU...
SQUISH
HU...
DIS...
FRR
C... C'EST BON, HEIN.
VAS-Y.
SQUISH
SQUISH
HM.... MAIS...
HA
JE VEUX PAS TE FAIRE MAL.
HA

FFU
HM...
GNN
HA
HA
J'AI CHAUD...
FU...
HM...
AH !
SQUISH
H...
FRR
HA !
SQUISH

FFF
ET...
MOI AUSSI, JE SUIS NERVEUX.
Ça a toujours été le cas !
HÉ HÉ
SA MAIN...
FRR
QUAND ON EST TOUS LES DEUX COMME ÇA.
Tu vois ?
OUI...

HM...
C'EST PAS QUE JE VAIS ME FORCER, HEIN...
JE VEUX VRAIMENT ALLER AU BOUT.
JE COMPRENDS.
MAIS...
SI TU AS MAL, TU ME DIS, D'ACCORD ?
D'ACCORD...

QU'EST-CE QU'IL Y A ?
BEN...
JE RISQUE...
GLOUP
DE FLIPPER SUR LE MOMENT.
.....
OH, JE T'AI DÉJÀ DIT, MAIS...
FAUT PAS TE FORCER.
NON.

SHHHH
ザー
ギ-CR
ツ
......
SILENCE
シ
CLAC
ガチャ
?
ATARU ?
BRR
ビクッ

Kyôsuke...
JE VEUX RENTRER AVEC TOI.
DÉSOLÉ...
D'AVOIR MIS SI LONGTEMPS.
.....
C'EST RIEN...
MÊME SI J'AVAIS FROID !

T'AS PAS À TE RETENIR.
JE VEUX AUSSI.
JE SAIS PAS SI J'Y ARRIVERAI, MAIS...
JE ME SUIS PRÉPARÉ.
FLOUF
....!?
BWAHAHAHA
HAA
AHHH, DIRE QUE T'AS TOUJOURS FAIT GENRE T'ES INSENSIBLE !
La ferme ...

PARDON ?
EUH
BEN, ON VA CHEZ TOI, JE TE DIS.
DOM
AAAAAH...
EUH, NON...
UNE AUTRE FOIS, PEUT-ÊTRE... ?
GRR
POURQUOI ?!
GRR...
RECULE
GNGN
HUM... BEN... COMMENT DIRE... EUH...
JE POURRAI PAS ME RETENIR... ?
HM
TRÈS BIEN.
QUOI ?

TU...
T'AS BEAUCOUP TROP PRIS SUR TOI...
?
JE VEUX QUE L'AMOUR, CE SOIT AUTRE CHOSE QUE DE LA DOULEUR.
HAHA
MOI AUSSI, JE SUPPOSE...
GYAH
FROTTE FROTTE
BUH
AAAH !
C'EST DÉGUEU !
QUOI ? BON, ON VA CHEZ TOI.

ET TOUT PRENDRE SUR MES ÉPAULES POUR TOI.
T'ES BIZARRE.
JE VEUX QU'ON SOIT TOUJOURS ENSEMBLE.
TU... L'AS TOUJOURS PAS DIT.
TU LE FAIS EXPRÈS.
GNN
SNIF

C'EST AUSSI QUELQUE CHOSE QUE J'AIME CHEZ TOI.
QUE TU SOIS AUSSI STUPIDE...
T'es méchant, là...
SERRE
QUE TU FONCES DANS LE TAS SANS RÉFLÉCHIR...
ET QUE TU SOIS INCAPABLE DE T'ARRÊTER AVANT D'AVOIR RÉUSSI.
JE...
HM.
ME SOUVIENS PAS...
FRR
AVOIR JAMAIS REGRETTÉ D'ÊTRE AMOUREUX DE TOI.
TOP
.....
JE VEUX TE VOIR SOURIRE.
COMME TU SAIS SI BIEN LE FAIRE.

J'AI MAL...
HU...
FFF
JE PLEURE, MAIS...
HM ...
ÇA ME CONVIENT COMME ÇA.
SNIF
ALORS...
TU PEUX...
SNIF
ME LE DIRE CLAIREMENT, AVEC TES MOTS À TOI, MAINTENANT.
POC
.....
T'EXAGÈRES.
Toujours ...
.....
MAIS...

J'AI LE CŒUR QUI SE SERRE RIEN QUE D'Y PENSER...
DEPUIS QUE TU M'AS DIT QUE TU M'AIMAIS.
GNN
ÇA ME FAIT MAL...
QUAND JE TE REGARDE.
SNIRFL
MAIS...
TOUTES CES SEN-SATIONS...
SNIRFL
H...
JE PEUX PAS M'EMPÊCHER DE LES AIMER.
PLIC
GNN

D'OÙ TU CROIS QUE ÇA M'A EMBÊTÉ...
PAR RAPPORT À TOI ?!
ET Y A PAS UNE CHANCE SUR UN MILLION, OU SUR UN MILLIARD...
QUE JE VEUILLE M'ÉLOIGNER DE TOI.
.....
TU SAIS...

AI TOUT PORTÉ.
C'EST MOI QUI T'AI BLESSÉ !
SANS MÊME LE SAVOIR, COMME UN IDIOT !
ET TOI, T'AS RIEN DIT ! IMBÉCILE !
JE CROYAIS QUE JE TE CONNAISSAIS PAR CŒUR…
MAIS J'AVAIS RIEN REMARQUÉ !
CRÉTIN !

TU M'AS EMBÊTÉ ?
N'IMPORTE QUOI.
TU CROYAIS QUE ÇA SERAIT SI INSURMONTABLE, POUR MOI ?!
QUE CE SERAIT TROP LOURD ?!
GNN
CRÉTIN.
......
C'EST PAS MOI QUI...
TAC

QU...
.....
QU'EST-CE QUE TU...
GNN
N'IMPORTE QUOI...
COMMENT ÇA, CALMÉ ?!
TU ME TRAITE COMME UN COUP D'UN SOIR !
ARRÊTE DE SAUTER AUX CONCLUSIONS TOUT SEUL DANS TON COIN !
BRR
COUP DE...

JE VAIS TE LAISSER.
MERCI.
ET...
JE PENSE QU'ON VA ÉVITER DE SE VOIR À LA FAC.
......
QU...
POURQ...
MERCI DE M'AVOIR DONNÉ DU TEMPS. JE ME SENS MIEUX, MAINTENANT.
DÉSOLÉ DE T'AVOIR EMBÊTÉ...

Merci !
ON AVAIT TELLEMENT MAL QU'ON POUVAIT PLUS MARCHER.
BUUUUH
GYAH
ON N'A PAS PU REMANGER DE RÂMEN AVANT UN MOMENT !
AHA, OUI !
HA HA
.....
H...
J'ai l'impression...
Que rien n'a changé entre nous.
EUH...
BON !

Bon appétit !
ET LE JOUR OÙ, ENFIN, ON A ESSAYÉ...
AAAH...
C'ÉTAIT DÉGUEULASSE.
OUAIS.
MAIS COMME ON AVAIT DÉPENSÉ NOTRE ARGENT DE POCHE POUR ÇA, ON N'A PAS VOULU GÂCHER...
ON A TOUT FINI. ET SUR LE CHEMIN DU RETOUR...
ON S'EST SENTIS TROP MAL.
GARGLLL
HUUUGH
C'ÉTAIT...
BOUHOUUU
DOULOUREUX.

CLING
C'EST SUPER BON...
ICI.
VRR
OUI.
TU TE SOUVIENS, QUAND...
PETITS, IL Y AVAIT UN RESTO DE RÂMEN, SUR LE CHEMIN DU RETOUR.
C'EST VRAI, MAIS...
POURQUOI TU ME RACONTES ÇA...
TOI...
TU DISAIS RIEN, MAIS...
À CHAQUE FOIS QU'ON PASSAIT DEVANT, TU T'ARRÊTAIS.
T'AVAIS VRAIMENT L'AIR DE VOULOIR Y GOÛTER.
JE ME SOUVIENS PAS AVOIR FAIT CETTE TÊTE...
EH BEN SI !
HAHAHA

...NON.
J'AI PAS FAIM.
C'EST PAS GRAVE.
ON PEUT QUAND MÊME PRENDRE UN PETIT TRUC.
.....
T'EN FAIS VRAIMENT QU'À TA TÊTE.
TU DEVRAIS LE SAVOIR, À FORCE.
C'EST VRAI !

GLOUPS
ATARU...
QU'EST-CE QUE TU FAIS LÀ ?
JE T'ATTENDAIS.
.....
TU VIENS DÎNER AVEC MOI ?

J'AI FINI, PATRON, JE FILE !
OK, MERCI À TOI !
À DEMAIN !
Bonne soirée !
MERCI !
SALUUUUT !
Rentre bien !
PFF

L'AMOUR...
HEIN...
C'EST BEAUCOUP PLUS FATIGANT...
FLOUF
QUE JE NE LE PENSAIS.
KYÔSUKE...
JE SAIS PAS COMMENT JE POURRAIS SUPPORTER ÇA BIEN LONG-TEMPS.

Quand je pense à lui, mon cœur se serre.
C'EST VISCÉRAL.
Je peux pas m'empêcher d'envisager les choses autrement, maintenant.
Ces deux pièces dépareillées commencent à s'assembler.
Mais ça reste frustrant qu'on doive se déformer pour se correspondre.
PFFF...

C'est avec lui que je préfère passer mon temps...
OH.
J'AI FINI MES COURS, JE VAIS RENTRER.
CLAC
OK !
À PLUS !
SALUT.
Non...
C'est pas ça...
C'est prétentieux...
Et égoïste, de penser comme ça.
Depuis l'autre fois, j'arrête pas de le fixer de loin.

OH !
C'EST PAS ONO ET KANA ?
OH, ILS DEVAIENT ÊTRE AU LABO...
Tous les deux...
.....
Y a Mizutani avec eux !
.....
TATATA !
MIZUTANI A UN COPAIN, TU SAIS ?
Tss
QUOI !?
C'EST PAS ÇA QUE JE REGARDAIS !
HÉÉ !
HEEEP !
SHIBU ?
HM ?

JE VOIS, OUAIS...
JE SUIS CREVÉ, MOI AUSSI...
TU VOIS !
PFFF
ONO A DÉJÀ VALIDÉ PLUSIEURS MATIÈRES, HEIN ?
BRR
GRAAAH !
QUEL VEINARD !
C'EST PARCE QU'IL A BOSSÉ, LUI.
.....
Au final, après cet incident...
Ono et moi n'avons jamais eu l'occasion de nous revoir.

DING
BLA
DONG
HMM...
DONG
C'est déjà fini !
Et c'est comme ça que les vacances d'été sont passées, en un clin d'œil.
DING
BLA
PFFF
JE SUIS FATIGUÉ...
BLA
Pourtant, t'as dormi, non ?
PFFF...
J'AI BIEN FAIT DE PRENDRE DE L'AVANCE SUR MES CRÉDITS...

S'il y a une chose que j'ai réalisée...
C'est que je ne veux plus jamais voir Ono dans cet état.
Quelle que soit la forme, dans le fond...
je sais que je veux être avec lui.
C'ÉTAIT...
LOIN D'ÊTRE DÉSAGRÉABLE...
Son toucher, ses baisers...

HMMMM...
ENFIN, JE DOIS AVOIR L'AIR D'UN DONNEUR DE LEÇONS...
?
J'AI PAS L'IMPRESSION D'ÊTRE PLUS AVANCÉ QUE TOI.
C'EST MARRANT, HEIN ?
Finalement, ça m'a fait réfléchir aussi.
OK...
FWP
.....
RÉCONCILIEZ-VOUS VITE, OK ?
OUI.
MERCI.
DE RIEN !

BEN...
COMMENT JE SAURAIS, MOI ?
......
JE DIRAIS QU'AIMER...
CE SERAIT AVOIR ENVIE D'EMBRASSER OU DE COUCHER AVEC UNE PERSONNE...
SE LAISSER ALLER AVEC ELLE...
ET VOULOIR ÊTRE ENSEMBLE DÈS QUE C'EST POSSIBLE. MAIS TOUT LE MONDE A UNE DÉFINITION DIFFÉRENTE.
TOI AUSSI, SANS DOUTE. ET TU ES LE SEUL À POUVOIR LA DÉTERMINER.
MOI, JE FAIS PAS LA DIFFÉRENCE ENTRE L'AMOUR ET L'AMITIÉ.
ALORS JE SAIS PAS QUOI TE DIRE D'AUTRE.

VOUS VOUS ÊTES RÉCONCILIÉS ?
DE QUOI ?
.....
AH, DONC NON...
POF
KEIGOOOOO !
GNAP
EXPLIQUE-MOI LA DIFFÉRENCE ENTRE AMITIÉ ET AMOUR... !
SECOUE
DE FAÇON SIMPLE ET IMAGÉE POUR QUE JE COMPRENNE !
HEIN ?
HMPH
QUOI ?
ALLEZ, S'IL TE PLAÎT ! JE PRENDS TOUTES LES INFOS !
MAIS QU'EST-CE QUI TE PREND ?
S'TEUPLÉ...

ポケェ〜…
PLANE
ゴンッ
PAF
ARGH !
QU'EST-CE QUE TU FAIS ICI, À REGARDER DANS LE VAGUE ?
AÏEUH...
OH...
SAUF SI C'EST TA TÊTE HABITUELLE ?
LA FERME...
むにっ
BUH
ET DONC ?

Act. 4
Et maintenant, qu'est-ce que je vais faire ?
Je croyais savoir quoi dire, mais...
Je suis parti de chez Ono, incapable de décider d'une réaction décente.
Je me disais que, peut-être, je n'avais pas tout compris, et que c'était normal de ne pas pouvoir en parler.
PFFFF

CE QU'IL Y A D'ÉGOÏSTE LÀ-DEDANS. CRÉTIN.

MAIS...
LES GENS ÉGOÏSTES...
NE DEMANDENT PAS AUX AUTRES...
CE QU'IL PRÉFÈRENT.
ET NE PASSENT PAS LEUR TEMPS...
À S'EXCUSER SANS RIEN COMPRENDRE DE CE QU'ON LEUR DIT.
JE VOIS PAS...

.....
DÉSOLÉ.
.....
CLAC

QUAND JE SERAIS RENTRÉ, JE VOUDRAIS QUE TU NE SOIS PLUS LÀ.
FRR
KYÔ...
SUIS PAS EN ÉTAT DE CONTINUER CETTE CONVERSATION.
JE... !!

JE SUIS DÉSOLÉ DE T'AVOIR FAIT PEUR COMME ÇA.
ET DE NE PAS POUVOIR ÊTRE L'AMI QUE TU VOYAIS EN MOI.
KYÔSUKE...
JE SORS.
HÉ !
ATTENDS !
S'IL TE PLAÎT...

JE PENSAIS QUE TE FORCER À VOIR CE QUE JE VOULAIS CHANGER DANS NOTRE RELATION...
SERAIT UN SOULAGEMENT POUR MOI...
MAIS...
C'EST RIEN DE TOUT ÇA.
JE...
ME SENS JUSTE...
COMME UN GROS ÉGOÏSTE.

ÇA VA PAS DU TOUT.
PAS DU TOUT...
JE...
SAVAIS QUE CE QUE J'ALLAIS TE DIRE...
ALLAIT TE BLESSER.
KYÔSUKE...
ME REGARDE PAS, S'IL TE PLAÎT. JE VEUX PAS QUE TU ME VOIES COMME ÇA.
JE SAVAIS QUE ÇA ALLAIT TE FAIRE RÉAGIR N'IMPORTE COMMENT.
JE SAIS QUE TU RÉFLÉCHIS TOUJOURS DE TRAVERS, MAIS JE T'AI QUAND MÊME DEMANDÉ DE LE FAIRE.
TU AS PRIS CONSCIENCE QUE J'AVAIS DES ATTENTES, PAS À QUEL POINT ELLES ÉTAIENT HORRIBLES.
......

H...
DOM
SQUISH
SQUISH
AH !
LÀ, C'EST...
BRR
BRR
BRR
AH !
TROP...
FFF
FFF
OH...
PLISH
HU...
......
COULE
KYÔSUKE... ?
HAA
HAA
ÇA VA PAS ?
NON, ÇA VA PAS.

AH !
GNI
BRR
HM...
HM !
GNN
H...
H... !
HUUUM....
BRR
BRR
HA !
BRR
SQUISH
BRR
SQUISH
HM...
SQUISH
DOM
SQUISH
HI...
BRR
DOM
WAAH !

HA
HA
CONTINUE. C'EST IMPORTANT.
COULE
......
HM...
GHU...
SQUISH
HA !
SQUISH
AH...
ET LÀ ?
AH !
GNN
SQUISH

HM...
OH...
FF
FF
SI TU FAIS ÇA, C'EST SÛR QUE JE... BANDE, HEIN...
AH, BON.
BRR
FFF
TANT MIEUX.
JE PEUX TOUCHER LÀ AUSSI ?
HOCHE
JE PENSE QUE TU POURRAS MIEUX PROFITER DANS CETTE POSITION.
PLISH
HAA...
C'est froid !
ÇA VA NÉCESSITER QUE TU T'HABITUES...
......
HUM...
A...ÏE...
SERRE
GHU...
ON DEVRAIT PAS...
CONTINUE.

POUSSE TA MAIN.
?
GN
SI TU TE SENS PAS BIEN...
OU QUE ÇA TE DONNE ENVIE DE VOMIR, DIS-MOI.
JE M'OCCUPE DE ÇA.
QUOI ?
HU
HUUM...
AH !
FRR
AH...
H...
AH !
LÈCHE
HN...
BRR
BRR

.....
TU POURRAS PEUT-ÊTRE PAS BANDER.
BEN...
Y A QU'À ESSAYER...
.....
.....
EUH...
QUOI ?
FRR

CE QUE ÇA IMPLIQUE ?
TU TE RENDS COMPTE QUE TU ES EN TRAIN DE POUSSER À BOUT LE MEC QUI EST AMOUREUX DE TOI.
JE POURRAI PAS M'ARRÊTER EN COURS DE ROUTE, TU EN AS CONSCIENCE ?
ÇA SUFFIT !
JE T'AI DIT DE BIEN Y RÉFLÉCHIR...
J'Y AI RÉFLÉCHI...
J'Y AI RÉFLÉCHI, TU SAIS !
.....
BON...
ALORS QUI EST AU-DESSUS ET QUI EST EN DESSOUS ?
MOI, JE M'EN FICHE.
H...
CRR
KYÔSUKE...
CHOISIS, TOI.
D'ACCORD.

.....
PFF
JE DÉSIRE UNE EXPLICATION.
JE TE DONNERAI PAS...
HÉ !
PRISE DE JUDO
GNN
PLAF
ARGH !
D'EXPLICATION !
M...
FRR
L M'A MIS AU APIS...
ALLEZ !
.....
DIS...
CRR
BRRR
TU COM-PRENDS...
BRRR
H...

POUSSE
ALLEZ, DÉPÊCHE-TOI ! À LA DOUCHE !
MOI, JE VIENS D'Y ALLER !
POUSSE
ALLEEEEEZ !
MAIS EXPLIQUE-MOI, AU MOINS...
JE PEUX PAS T'EXPLIQUER !
POUSSE
QUOI ?!
POUSSE
POUSSE
ATTENDS, QU'EST-CE QUE TU ME FAIS, LÀ ?
CLAC
EUH, MAIS...
C'ÉTAIT QUOI, ÇA ?
? ?

HEP !
LE MEC QUI SÈCHE !
TADAAAA
COUCHE AVEC MOI !
PARDON ?
EUH ?
DE...
QUI ? AVEC QUI ? QUAND ?
TOI, MOI...
TADAAAAA
MAINTENANT !!!!!!!!!
EXCUSEZ-MOI, JE NE COM-PRENDS PAS CE QUE VOUS VOULEZ DIRE...
TERRIFIÉ
EUH...

Ono, si tu reviens pas rapidement à la fac, Kana va se ronger les sangs.
KEIGO
Qu… !
KANA
ET JE POURRAI PAS SUPPORTER ÇA.
GNN
GNN
HAHA ! JE VAIS FAIRE ÇA.
Merci. Salut !
SALUT !
.....
ILS SONT GENTILS...
Ils ont compris qu'il s'était passé un truc.
Il n'y a qu'Ataru, dont j'ai aucune nouvelle...
C'EST PAS ÉTONNANT, IL A DÛ FLIPPER...
CLING
CLAC

OK.
Je te signe sur la feuille de présence.
MERCI, KANA.
… Ono.
CRII
OUAIS ?
ÇA… ÇA VA ?
TU M'AS PAS RÉPONDU LA PREMIÈRE FOIS, ALORS JE SUPPOSE QUE NON…
ET TU GARDES TOUJOURS TOUT POUR TOI, DONC TU VEUX PEUT-ÊTRE PAS QUE JE DEMANDE, MAIS…
.....
MERCI.
DÉSOLÉ…
AAAH
Allô !
De r… Hé ! Mais !!
KEIGO ?

BRR
BRR
BRR
KANA
FRR
ALLÔ ?
......
Kana ? Qu'est-ce qu'il y a ?
ÇA VA ?
ENFIN...
BLA
BLA
Tu veux que je te prenne les cours ?
BLA
BLA
OUI...

Je tiens à lui comme à une famille. C'est avec lui que je préfère passer mon temps...
On peut pas être plus proches qu'on l'est.
Même ces derniers temps... C'est indéniable.
Même j'étais pas conscient de la même chose que lui...
C'était pas seulement qu'on avait besoin l'un de l'autre, c'est qu'on était attirés par ce besoin empirique.
Au final...
Est-ce que cette situation...
n'aurait pas toujours été souhaitable ?
AH, MAIS...
Il n'y a qu'un moyen de vérifier !
OH!
JE SAIS ! JE SUIS GÉNIAL !

EST-CE QUE C'EST POSSIBLE DE S'EMBRASSER ET DE COUCHER ENSEMBLE ? COMMENT, EN SOI ?
BEN, OUI, NON ?
FORCÉMENT, JE VOIS QUE ÇA...
AAAAH
AAAAH
C'EST SÛR QUE C'EST CE QUE J'IMAGINE, MAIS...
AH !
POUF
POUF
WAAAOUH
AH !
J'ai toujours chéri Kyôsuke de toute mon âme.
Mince, comme ça ?
OUPS

PLAF
Au final...
CUI
Je comptais réfléchir à un maximum de choses toute la journée...
FLOUF
CUI
Mais je suis aussi stupide que mon apparence le laisse penser...
CUI
Et...
FFFF
J'ai fait une surchauffe.
C'est drôle, dit comme ça, mais j'ai vraiment l'impression d'être dépassé.
« Que veut dire aimer ? », by Ataru.
FRRR
ET PUIS...
Pfff...

Cette question...
« Qu'est-ce que tu veux, toi ? »
Je n'ai jamais pris la peine de la poser à Kyôsuke.
J'EN SAIS RIEN...
Moi, Kyôsuke...
Je suis incapable de me calmer...
POUF
PFFF... !
J'EN SAIS RIEN !
J'EN SAIS RIEN...

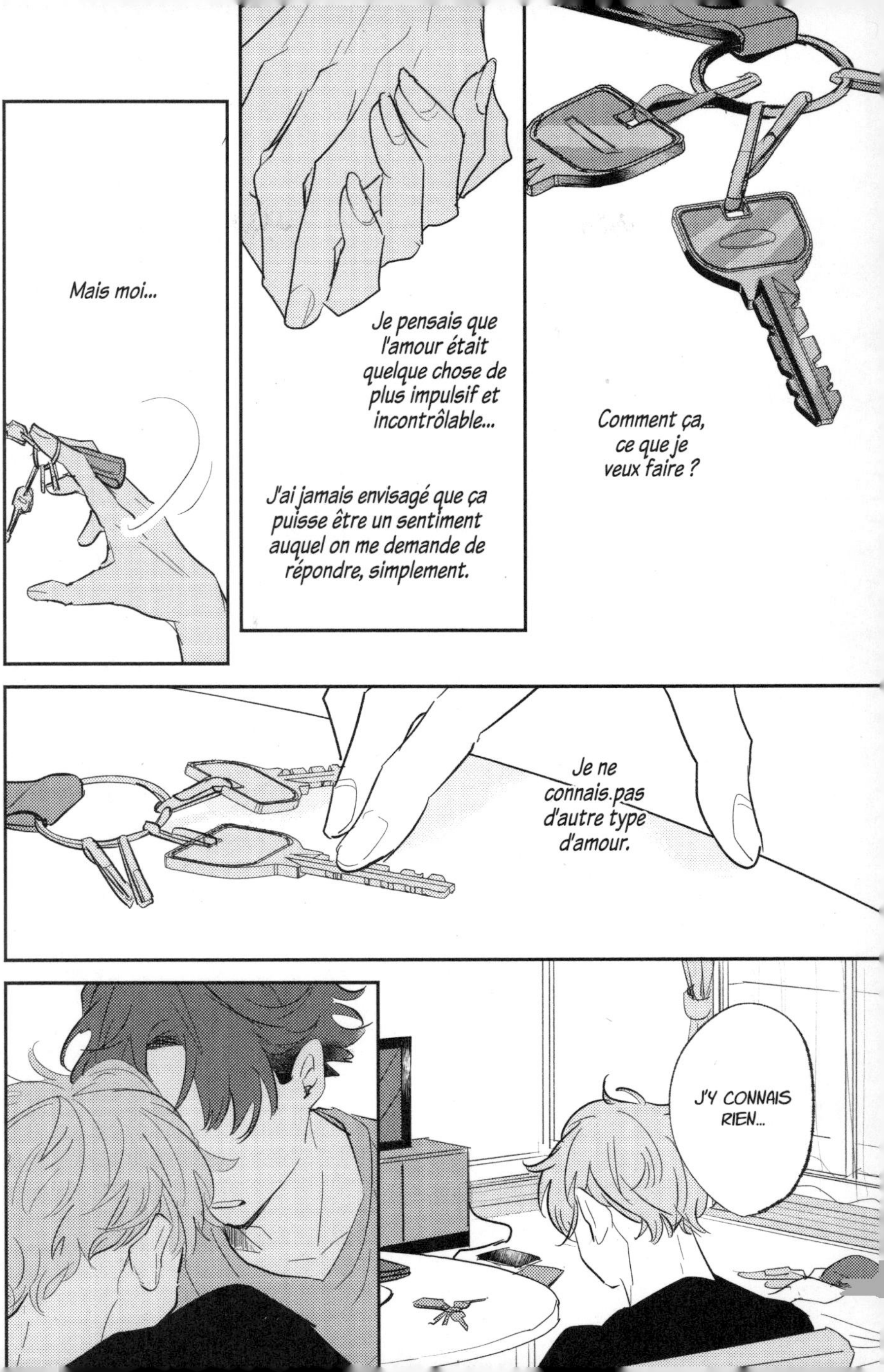

Comment ça, ce que je veux faire ?
Je pensais que l'amour était quelque chose de plus impulsif et incontrôlable...
J'ai jamais envisagé que ça puisse être un sentiment auquel on me demande de répondre, simplement.
Mais moi...
Je ne connais.pas d'autre type d'amour.
J'Y CONNAIS RIEN...

Il a tout fait pour ne rien laisser paraître.
Et j'ai rien vu.
Il comptait continuer à le cacher, j'en suis sûr.
FRR
JE...
SUIS UN IMBÉCILE.
Comment ça, t'éloigner ?
Il n'a pensé qu'à cette solution ?
À tout prendre sur lui et à souffrir tout seul...
CLING

C'ÉTAIT MALHONNÊTE, DE PRÉSENTER LES CHOSES COMME ÇA.
STAP
STAP
STAP
C'est carrément plus méchant que de simplement me demander si je le déteste.
ESPÈCE D'IMBÉCILE !!!
Cette expression... c'est la même qu'à l'époque...
.....
KYÔSUKE...
STOP

.....
CRSH
SALUT, DÉSOLÉ DU RETARD.
?
IL EST OÙ, ONO ?
IL...
AVAIT UN TRUC À FAIRE.
?
.....
AH ?
JE VAIS AUX TOILETTES, JE REVIENS.
M'ATTENDEZ PAS POUR RENTRER !
EUH, MAIS...
ON A LES FEUX D'ARTIFICE, AVANT...
SALUT !

VOILÀ LA RÉALITÉ, ET VOILÀ LA SITUATION SI JE RESTE PRÈS DE TOI.
MAIS JE TE DIS QUE...
TU VEUX BIEN Y RÉFLÉCHIR ?
TU VEUX BIEN RÉFLÉCHIR SÉRIEUSEMENT...
À CE QUE TU VEUX QU'ON FASSE ?
.....
JE VAIS RENTRER.

ATARU...
Act. 3
QU'EST-CE QUE TU VEUX, TOI ?

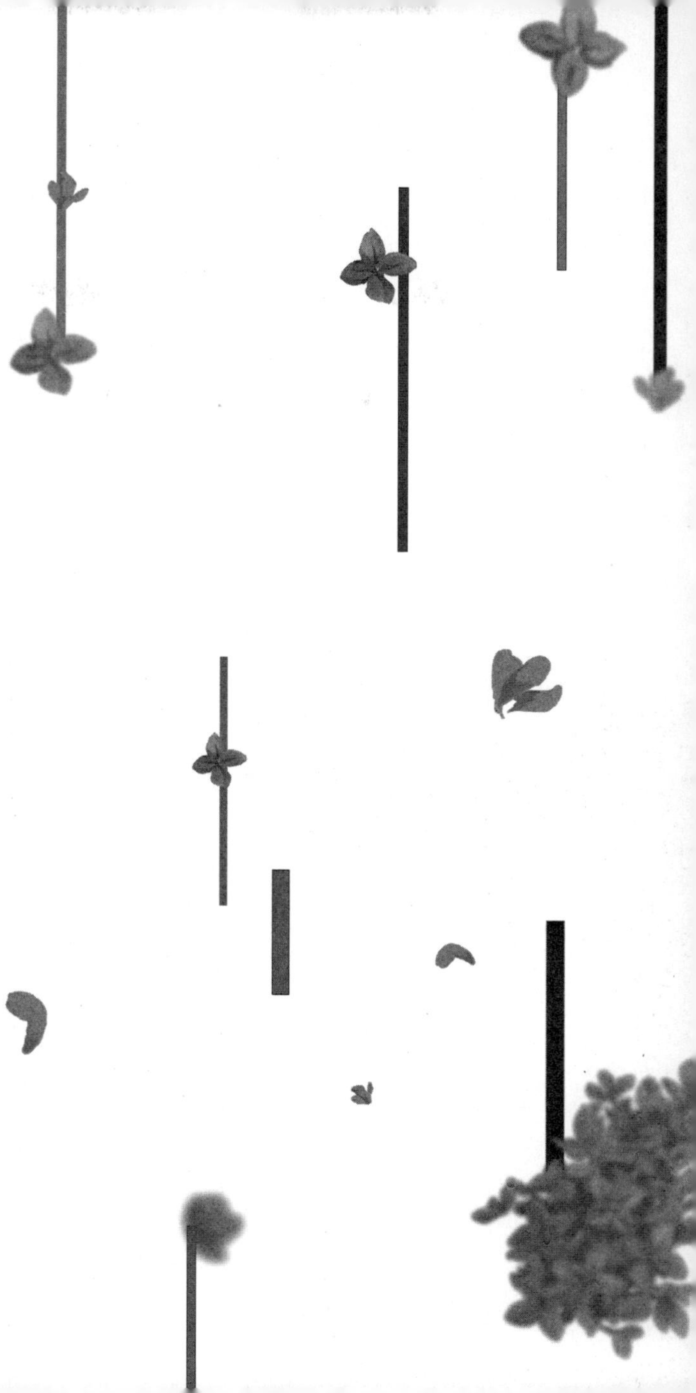

ATARU…
QU'EST-CE QUE TU VEUX, TOI ?

ALORS QUE ÇA
FAIT TELLEMENT
LONGTEMPS...
QUE J'ARRIVE
PAS À ME LIMITER
À CE RÔLE ?
GN
......

MÊME SI TU ES UN HOMME...
JE T'AIME.
ATARU.
MOI AUSSI...
NON, PAS COMME ÇA.
QU...
EST-CE QUE JE DOIS CHANGER ÇA ?
OU ALORS, M'ÉLOIGNER ?
CE SERAIT MIEUX ?
J'AI ENVIE DE T'EMBRASSER, DE FAIRE L'AMOUR AVEC TOI...
C'EST UNE ATTIRANCE CHARNELLE.
T'ÉLOIGN...
COMMENT JE PEUX ÊTRE UN BON AMI, DANS CET ÉTAT ?

CE SERAIT BIEN SI TU ÉTAIS UNE FILLE, KYÔSUKE !
.....
ENFIN...
J'AI LA GORGE NOUÉE.
TOUT SERAIT SI SIMPLE...
TU TROUVES PAS ?
PARCE QUE...
JE TIENS TELLEMENT À TOI...
KYÔSUKE, QUE...
ATARU...
Même s'il plaisante...
....?
IL Y A TROP DE CHOSES QUE JE NE PEUX PAS ENTENDRE.
JE...
GN

PFFF... !
HMPH
RIEN N'A CHANGÉ, AU FINAL !
HEIN ?
BEN, ON EST TOUJOURS CÉLIBATAIRES...
ALORS QUE JE PENSAIS QU'ON AURAIT DES OCCASIONS, À LA FAC.
IL Y A BIEN DES CHOSES QUI ONT CHANGÉ DANS LE BON SENS, NON ?
MAIS...
IL Y A AUSSI DES CHOSES QUE JE VEUX PAS CHANGER, CAR J'Y TIENS !
N'importe quoi.
C'EST QUOI, CETTE CONVERSATION ...?
BEN, JE PARLE À UN AMI D'ENFANCE AUQUEL JE TIENS BEAUCOUP, ALORS...
AHAHA
EN FAIT...
....?

...ARÉS.
?
ON S'EST SÉPARÉS.
......
AH... BON.
OUI, ELLE M'A PLAQUÉ.
DÉSOLÉ.
ÇA... ÇA VA.
HAHA
ÇA VA MIEUX MAINTENANT QUE J'AI BIEN MANGÉ, ET QUE JE ME SUIS AMUSÉ AVEC VOUS, JE PENSE.
......
......
HM...

EH BEN, Y EN AVAIT VRAIMENT DES BIEN PLUS GRANDS !
ON N'A JAMAIS EU CE TYPE DE FESTIVAL IMMENSE, À LA MAISON.
NI AUTANT DE MONDE.
Mais c'est bien, les petits lieux cozy !
PFFF !
TU TE SOUVIENS DU SANCTUAIRE OÙ ON EST ALLÉS À LA FIN DU LYCÉE ?
POUR NOS VŒUX ANNUELS ?
OUI.
C'EST VRAI.
CELUI-LÀ ÉTAIT CONSACRÉ AUX EXPLOITS GUERRIERS, PAS À L'ENFANTEMENT...
MAIS ILS L'ONT RÉHABILITÉ POUR LES COUPLES ET LES VŒUX DE MARIAGE.
Tss, qu'est-ce que je fabrique ?
C'EST PAS GRAVE ? TU VEUX QUAND MÊME UNE PRÉDICTION ?
Il faut que j'arrête ça...
SAUF SI ÇA S'EST BIEN PASSÉ, AVEC CETTE FILLE, AU GÔKON ?
C'EST TA COPINE, ÇA Y EST ?
.....
ATARU ?

?
JE TE TROUVAIS BIZARRE, CES DERNIERS TEMPS.
JE SAIS PAS POURQUOI, MAIS... J'AVAIS L'IMPRESSION QUE T'AVAIS VRAIMENT BESOIN DE T'AMUSER.
OH...
OUI.
SÛREMENT !
MERCI.
ÇA VA MIEUX, MAINTENANT.
.....
.....
C'EST...

ÇA...
VA BIENTÔT ÊTRE L'HEURE.
QU...
MONTAGNE DE BOUFFE
IL FAUDRAIT QU'ON RETROUVE KANA ET KEIGO.
HMPH
HMPH
!
+%$#'@ ?
Quoi ?!
AHAHAHA !
?
GLOUP.
JE SUIS SOULAGÉ, TU SAIS.

BAH...
DE TEMPS EN TEMPS, POURQUOI PAS...
ATARU.

WAAAH
ET DONC...
POURQUOI ON SE RETROUVE TOUS LES QUATRE À CE FESTIVAL ?
BLA
MÂCHE
MÂCHE
BLA
NON ?
BEN... PARCE QUE C'EST MARRANT !
Y a des jeux !
BEN OUAIS !
NON ?
C'est incontournable, en été !
.....
KANA, DIS QUELQUE CHOSE...
IL FAIT TROP CHAUD...
ÇA FAIT DU BIEN, DE TEMPS EN TEMPS.
Kanaca ! Par ici !
C'est bon, pas la peine de hurler !
BON ! ON SE GOINFRE JUSQU'AU FEU D'ARTIFICE !
?

CRIII
CRIII
HÉÉÉÉÉÉÉÉÉÉÉ !
FRSH
MAIS POURQUOI T'ES LÀ, TOI ?!
BEN QUOI ? HIER, TU...
ARGH !
KYÔSUKEEEE !
SALUT.

BRR
.....
BRR
Ça devrait bien se passer pour Ataru.
En fait, peu importe si ça se passe mal.
Tout va bien.
Je vois pas ce qui va bien.
J'ai juste à ne rien montrer.
J'ai envie de vomir...
J'AI MAL, PUTAIN.

PLOC
OH...
PLOC
C'EST VRAI...
BRR
JE VOULAIS ACHETER UN PARAPLUIE, À LA BASE.
BRR

SHHHHHHHHHHH
PLIC
COULE
CLAC

JE M'OCCUPE DE KANA.
OH, EUH...
OK.
AH.
ON VIT ENSEMBLE, JE VAIS POUVOIR LE RAMENER.
POUF
MERCI ! IL A UN PARAPLUIE QUELQUE PART, NOR-MALEMENT...
HNG...
KEIIIGOOO !! RENTRE BIEN !
MAIS OUI, MAIS OUI. ALLEZ, L'IVROGNE !
JE M'ARRÊTE ICI.
TIENS, JE TE LE DONNE.
HAHA
HM ?
TU N'EN PRENDS PAS, ONO ?
OH, JE VAIS EN ACHETER UN AU KONBINI.
OK, MERCI.
BONNE SOIRÉE.
.....

PFF...
J'AI TROP BU !
Kana est dans un état pire que toi !
Hé, Kana...
OH.
EH BEN, ÇA PLEUT PAS À MOITIÉ !
QUELQU'UN A UN PARAPLUIE ?
NON MAIS...
Marche tout seul...
HNG
JE SUIS CONTENT D'Y AVOIR PENSÉ...
PAS MOI...
COMMENT ON FAIT POUR RENTRER ?
MOI, J'EN AI UN !
OH, ALORS ON PARTAGE ?
JE TE RACCOMPAGNE.
TU VEUX ?
JE PEUX ?
.....
ONO ?
BRR

DIS ?
ALLEZ...
Quand il me fait cette tête...
......
Ma nervosité s'envole un peu...
Alors même qu'Ataru ignore complètement...
D'AC-CORD.
d'où vient ce mal être persistant en moi.
SÉRIEUX ? QUAND, ALORS ?
Viens voir ici !
PRF
MAIIS !
AHA, ARRÊTE !
BWAHA
ARRÊTE DE PROFITER DE MA PETITE TAILLE !
Je déteste ça.
J'adore ça.
MANGE DE LA SOUPE.
Je peux en préparer.
Non, des œufs !

*NDT : soirée pour rencontrer des partenaires

TU BOSSES PAS, CE SOIR, NON... ?
HA HA HA HA HA HA
T'avais oublié ?
EN EFFET.
T'ES SÛR, DU COUP ?
JE VEUX PAS DÉRANGER...
AH BON...
TU VEUX ALLER MANGER UN TRUC ?
YES !
OUAIS. J'AI ENVIE DE MANGER DE LA VIANDE QUE QUELQU'UN M'AURA GENTIMENT OFFERTE !
CRÉTIN !
OUMPH !
ON PARTAGE, C'EST TOUT !
PAF
Quand je travaille, j'oublie tout.
Quand je me plonge dans un film, un livre, qui m'empêche de penser, ça va.
J'ai même cessé d'essayer de le protéger de loin.

OUI, AVEC PLAISIR.
DIS AUX AUTRES QUE JE SUIS DÉSOLÉ.
OK !
KANA, TU VIENDRAS AUSSI LA PROCHAINE FOIS, HEIN ?!
PAF
OK...
BWAH !
À plus tard !
Bon, on laisse tomber pour cette fois !
.....
BLA
BLA
ONO...
OUI, QUOI... ?
FIXE

KYÔSUKEEEE !
HEEEEP !
CLAC
KANAAA !
HM ?
DIS, DIS, DIS !
TU VEUX ALLER BOIRE UN COUP AVEC NOUS ?
Tu viens ?!!
OH...
SALUT !
Ça serait cool !
Désolé...
JE TRAVAILLE, APRÈS LES COURS...
ENCORE ?!
OUI.
BON, OK...
UNE PROCHAINE FOIS, ALORS ?
DÉÇU

J'ai continué de gar-der mon petit secret...
Et j'ai laissé nos mondes, à Ataru et moi, s'élargir et se différentier.
'LUT.
HOAAA !
あっ
SALUT...
PFFF
T'AS FAIT UNE NUIT BLANCHE ?
HM...
NON...
J'AI TROP DORMI.
CLAC
ガクッ

Au début...
J'ai tenté de faire comme Ataru l'envisageait.
Pour éviter tout malentendu...
J'ai dit, j'ai fait...
J'ai apprécié la sensation d'une peau contre la mienne, mais...
Au final, je n'en ai retiré qu'un sentiment horrible.
HUUU...
Il y avait trop de contradictions dans mes choix...
Et je les trouvais trop immondes...
pour continuer. Je suis passé à autre chose.

.....
BIP
FFFRR
MERDE !
FLAP
C'est quand même différent de ne pas avoir sa mère pour vous empêcher de vous rendormir le matin.
Même si c'est elle qui vous a offert votre réveil.
Mais il y a des choses qui ne changent pas.
FRSH
Comme ce sentiment rampant...
Que j'éprouve pour Ataru.
J'Y VAIS !
CLAC
Au moins, je ne suis plus mal à l'aise quand je quitte mon appartement et que personne n'est là pour me dire au revoir.

Après le lycée...
PIERRE, PAPIER...
Ataru et moi sommes entrés sans souci dans la même université.
Cette histoire de râmen tonkotsu ou shôyu...
AAAAAAAH !
Mon tonkotsuuuuu !!!
C'est parce que même si nous avons emprunté le même chemin,
Une nouvelle chambre, un nouveau lit, de nouveaux rideaux...
Un nouveau petit boulot, de nouveaux amis...
HUUM
PFF
le résultat final reste différent.
TUTUT
Et...
TUTUT
TUTUT
TUTUT
HM...

Act. 2
DILING
À DEMAIN !
DILING
BONNE SOIRÉE !
DVD/CD レンタル 100円
SALUUUUT !
BONSOIR !
DIS...
ON MANGE OÙ, CE SOIR ?
COMME D'HAB ?
DANS CE CAS...
FP
TONKOTSU ! SHÔYU !
P!
FP
.....
.....
BON...

.....
Tu dis ça, mais...
ton expression est à l'opposé.
BRR
Et...
OH !
Je me demande pourquoi, cette fois-là, je ne lui ai pas fait remarquer.
Y a Kumagai qui proposait un karaoké.
AHA !
C'est la dernière, tu viens, toi aussi, hein ?
Ce dernier jour de lycée...
HAHA
On en a déjà fait un la semaine dernière...
C'était la première fois que j'ignorais l'apparente détresse de mon ami d'enfance.

SI C'EST TOI QUI LE DIS.
CE SERA LE CAS.
ALORS, TOUT IRA BIEN.

... KYÔSUKE ?
......
ATARU...

HAHA !
POUR RIEN, LAISSE !
TADAAAA...
MOI, RIEN QUE D'Y PENSER, JE PEUX PAS RESTER EN PLACE !
HÉHÉ
SI ÇA SE TROUVE, ON VA ENFIN SE TROU-VER DES PETITES AMIES !
OUI.
ET SE FAIRE PLEIN DE NOUVEAUX POTES...
ET ÇA VA ÊTRE TROP BIEN ! JE ME FAIS AUCUN SOUCI !
OUI.
T'AS RAISON.
FFF
OUAIS...
ÇA SERA SUPER.
BRR
BRR
BAH BIEN SÛR !!
.....
BRR

PFFF, ÇA A PASSÉ SUPER VITE, CES TROIS ANS...
POC
C'EST VRAI.
C'EST UN PEU TRISTE, DE LAISSER ÇA DERRIÈRE SOI.
AH ?
HUUM...
JE PENSE PAS QUE TU COMPRENDRAIS. C'EST PAS TON CARACTÈRE.
OH...
.....
DEPUIS QUELQUE TEMPS...
JE ME DEMANDE SI ÇA SERAIT PAS MIEUX...
QUE TOI ET MOI ON AILLE DANS UNE UNIVERSITÉ DIFFÉRENTE.
HM ?
POURQUOI ÇA ?

Félicita-tions !
BLA
Merciii !
Madame, on peut prendre une photo avec vous ?
BLA
D'accord !
Je suis triste de quitter tout ça...
Ne pleure pas...
Rassem-blez-vous par ici !
YAY !
On se retrouve à 18 h, après ? !
BLA
Vite !
Et toi ?
AH.
Je savais que tu serais ici.
CLAC
TROUVÉ !
SALUT.
C'est bon, t'as eu ton diplôme ?
LES AUTRES TE CHERCHENT, TU SAIS ?
T'es trop populaire.
JE ME CACHAIS, JUSTEMENT.
Ils voulaient prendre des photos...
J'aime pas les photos...

BRR
Je savais que je m'étais construit une paix illusoire.
Je me demande à quel point cette impression latente va se transformer en une conscience permanente.
Combien de temps on va pouvoir rester ensemble ? Et combien de temps je vais pouvoir tenir en lui présentant ce mensonge.
BRR
H...
J'ai mal à la main...
BRR
C'est trop...
BRR
BRR

H...
SQUISH
FU...
SQUISH
SQUISH
SQUISH
Je...
HA
Je ne pensais pas...
SQUISH
SQUISH
FRR
Que j'étais aussi incapable de me contrôler.
HA
Je pensais pouvoir faire comme si de rien n'était...
HMPH...
BRR
Est-ce que je suis capable de me pardonner ça, maintenant ?
POC
Il a suffi de voir son visage rougissant, et...
FRSH

CRSH
.....
OH.
BR...
BR...
ÇA RECOMMENCE À TOMBER.
ON RENTRE ?
OUI...
Peut-être...
BOM
CLAC
FRR

HÉ !
T'AURAIS PAS ÉTÉ PRIS SUR RECOMMANDATION, TOI, DÉJÀ ?!
AHAHA ! GRILLÉ !
RIEN N'EST ENCORE SÛR !
PAF
PAF
Espèce de traître !
Du calme...
C'est pas encore sûr à 100 %, hein !
BON...
PFOU
JE SUIS QUAND MÊME RASSURÉ.
SI TU RESTES AVEC MOI AUJOURD'HUI...
TOUT IRA BIEN ! JE ME SENS CAPABLE !
MERCI !

JE VEUX PAS FAIRE MINE DE PRENDRE ÇA À LA LÉGÈRE, MAIS...
T'AS TOUJOURS ÉTÉ UNE VRAIE TÊTE DE MULE. QUAND T'AS DÉCIDÉ D'ARRIVER À QUELQUE CHOSE, TU FONCES.
C'EN EST EFFRAYANT.
HUM
HUM
EUH...
T'ES-SAIES DE ME RÉCON-FORTER, LÀ ?!
MAIS...
T'AS TOUJOURS RÉUSSI DE CETTE FAÇON-LÀ.
ALORS...
Y A PAS DE RAISON QU'À NOUS DEUX...
ON PUISSE PAS DONNER TOUT CE QU'ON A !
... OUI !
HOCHE

C'EST JUSTE QUE J'AI PEUR DE L'ÉCHEC. ÇA PARAÎT INSURMONTABLE.
J'AI TENDANCE À AVOIR CETTE IMPRESSION, RÉCEMMENT.
C'est nul...
TAC
!?
FRSH
HÉ, MAIS ?!
QU...
FRSH
.....
FRSH
OH !
FRSH
KYÔ-SUKE !
FRSH
PAC
MAIS...
QU'EST-CE QUE TU FICHES ?!
T'INQUIÈTE.

TU SAIS...
QUAND JE SUIS TOUT SEUL, PARFOIS...
J'AI L'IMPRESSION QUE JE PEUX RIEN FAIRE DE MA VIE.
.....
SI JE PASSE PAS L'EXAMEN, JE SERAI COMPLÈ-TEMENT DÉMUNI. JE SAURAI PAS DU TOUT OÙ ALLER OU COMMENT PRENDRE LES CHOSES EN MAIN.
GNN
JE ME DIS QUE CE SERAIT BIEN SI ON N'ÉTAIT PAS OBLIGÉS DE GRANDIR.
JE SUIS MOINS EFFICACE...
J'ARRIVE PLUS À ME CONCEN-TRER...
....
.....
MAIS...
J'AI FAIT MON CHOIX.
C'EST TROP TARD POUR SE PLAINDRE.
HÉHÉ
JE DEVRAIS LE SAVOIR, MAINTENANT !

Y a beaucoup de neige...!!
BON, ON A BIEN FAIT D'ALLER ICI.
LES GENS VONT TOUS FAIRE LEURS VŒUX DANS DES GRANDS SANCTUAIRES...
PFFF
DONC IL Y A MOINS DE MONDE, DANS CE COIN.
OUAIS...
C'EST QUAND MÊME PAS TOUT PETIT...
Moui.
BEN, DISONS QUE PLUS LE SANCTUAIRE EST GRAND...
PLUS IL Y A DE MONDE QUI Y VA.
C'EST VRAI...
.....
STOP
QUOI ?
HM ?

HÉÉÉÉÉ !
KYÔOO-SUKEEEE !
Salut !
SALUT.
BONNE ANNÉE !
QUE TOUS TES VŒUX SE RÉALISENT !
BONNE ANNÉE À TOI AUSSI ! DE MÊME !
Salue
Salue
Au fait...
FAIS GAFFE À PAS CONFONDRE LES TALISMANS POUR LA RÉUSSITE SCOLAIRE...
AVEC CEUX POUR L'ENFANTEMENT.
Quand même...
JE SAIS, ROH !
T'abuses.
ET PUIS, C'EST L'INTENTION QUI COMPTE !
OK, OK...
CRSH
WAH, IL FAIT FROID !
Pourquoi t'as pas de pa-
T'ES PAS ASSEZ COUVERT, AUSSI...
La neige me dérange pas !
Ah bon ?
CRSH
VITE, VITE !
CRSH
MAIS

Cette impression latente, dans le creux de ma main...
BRR
Comment je peux faire disparaître cette sensation ?
TSS
BRR
ENCORE... ?
BRR
BRR
CRR
PFFF...
RONN
JE SUIS DÉSOLÉ, ATARU...

TU VIENS DORMIR AVEC MOI, KYÔSUKE ?
HM...
FRRR
BONNE NUIT !
RONN
Pfff...
Je te jure...
PSSSH

CRR
.....
RONN
DU CALME. C'EST JUSTE UNE CHUTE...
SERRE
PFFF
C'est mauvais pour mon cœur, cette sit...
GNNIIII

FFFF
FFFF
SOULÈVE
FRR
FRR
PFFF
Tes plus lourd que t'en as l'air...
POUF
SERRE
QU...
!!!?
!?
GNP
PLAF
TSSS
......

Il dort déjà...
FFF
Il a toujours été comme ça. S'il veut arriver à quelque chose, il fait tous les efforts du monde, et il finit par réussir.
PAC
Il en a fait au moins deux fois plus que d'habitude...
HÉ... RÉVEILLE-TOI...
POC
.....
HMGH !
NON, J'AI ENCORE FAIM...
POF
TS...
N'IMPORTE QUOI...
BRR
BRR
RONN
RONN

FLAP
CRR
DIS...
TU VEUX FAIRE UNE PAUSE ?
ATA...
AH.

NON !
C'EST DÉCIDÉ !
GNN
J'AI ENCORE LE TEMPS DE PRÉVOIR !!
FWP
PFF, T'ES SÛR, SÛR ?
MAIS OUI !
JE TE CROIS, QUAND TU DIS QUE TU Y TIENS, MAIS...
EN FAIT... ÇA VEUT DIRE QUE...
OUI ! JE COMPTE SUR TOI, KYÔSUKE !
ON VA AVOIR PLEIN DE CHOSES À RÉVISER ENSEMBLE !!
BEN TIENS.
HÉHÉ
HÉHÉ
TOUT SEUL, J'AURAIS PAS ÉTÉ TRÈS LOIN, MAIS AVEC TOI POUR ME COACHER, JE SUIS SÛR QUE TOUT IRA BIEN !
Ouais ! Ça va le faire !!
OUAIS...
Je ne sous-estime pas le pouvoir de Kyôsuke !
PFFF

BOM
AH
JE SAIS QUOI METTRE SUR MA FICHE !!
Qu'est-ce que tu fabriques ?
BRR
HUU ...
FFF
BRR
AÏIIIIIE
NON, NON, NON ! ATTENDS !
OUI !
EN PASSANT L'EXAMEN ?
HÉHÉ
Je demande, mais...
ET LA FAC QUE T'AVAIS CHOISIE ?
DIRECT
CE SERA MON DEUXIÈME CHOIX.
POF
HAHAHA !!
BON.
LAISSE TOMBER !
QUOI ?

ELLE EST TROP LOIN !
POURQUOI TU M'AS RIEN DIT ?!
!!
CLAC
TU VAS VIVRE LÀ-BAS TOUT SEUL ?!
TU PRENDS TROP D'AVANCE SUR MOI !
SI TU VAS À L'UNIVERSITÉ ET QUE JE SUIS PAS LÀ POUR TE SURVEILLER, TU VAS TOMBER AMOUREUX D'UNE JOLIE FILLE PLUS ÂGÉE QUE TOI, ELLE DEVIENDRA TA PETITE AMIE, VOUS SORTIREZ ENSEMBLE ET TOUT, ET MOI, J'AURAI JUSTE ENVIE DE TE MAUDIRE !
BWAH
Je refuse !
Ouais...
C'est bien pour ça que je lui avais rien dit...
.....
Il risquait de se sentir seul, de péter un câble, de conclure des trucs bizarres... C'est Ataru, après tout. Je me doutais tellement...
FWOUP
ET DONC...
HM ?
JE VAIS CANDIDATER AUSSI !!
CRR
PARDON ?

.....
HMPH
Euh...
HÉ.
SHIBU...
Allô ?
SHIBU-SAWAAAA...
POF
.....
Il a tout entendu...
.....
ATARU ?
.....
JE SAVAIS PAS...
OH, POUR MA FAC ?
OUI...

HUM...
C'EST UN SECRET !
AH, AU FAIT, ONO...
AH BON.
Pourquoi...
T'AS PEUT-ÊTRE DES CHOSES À DIRE AU MEC DERRIÈRE TOI, AU SUJET DE TA FAC...
AHAHA...
FIOU
QUOI ?
À PLUUUUS !
DERRIÈRE...
DOOOOOOM
AAAAH !
KYÔOOOOOOO... SUKEEEEEE-EEEEEE...

MAIS C'EST LIMITÉ À TROIS. DU COUP, SI JE SUIS PAS RE-TENU, JE VAIS DEVOIR PASSER L'EXAMEN.
ET ÇA, ÇA DÉPENDRA DE MES EXAMENS BLANCS...
BOM
Oh, il est mort.
Je déteste les examens...
JE SAIS !
DONC, TU VAS DÉMÉNAGER...
OUI, C'EST PRÉVU, EN TOUT CAS.
FWP
EN GROS, ÇA TOURNE BIEN POUR TOI, JE DIRAIS !
On montre pas les dents du doigt.
JE VOIS PAS DE QUOI TU PARLES.
KÔOO-SUKEEEE !
CLAC
OH, YÛ !
BON, JE FILE !
OH, ATTENDS.
TU FAIS QUOI, TOI ?

C'EST QUAN
MÊME HYPE
FLIPPANT...
DE PENSER QUE TU DÉCIDES DE TON AVENIR EN ÉCRIVANT SUR CE PETIT BOUT DE PAPIER.
GN
TU TROUVES PAS, ONO ?
FLISH
Questionnaire
Vœux universitaires
KUMAGAI...
C'EST PAS VRAIMENT ÇA, LE TRUC...
De quoi tu parles ?
AHA !
JE LE SAVAIS, TOI AUSSI !
EUH, NON.
TU AS CHOISI, TOI ?
Une fac d'élite, je présume ?
J'AI EU UNE RECOMMANDATION POUR L'UNIVERSITÉ T, MAIS...
Euh, je sais pas...
MAIS C'EST LOIN !
QUEWAH ?!
J'ÉTAIS PAS AU COURANT...
BEN, JE TE L'AVAIS JAMAIS DIT.
ENFIN...

OH, J'AVAIS OUBLIÉ...
SS5
Condenser
J'ÉTAIS CENSÉ LE FINIR...
HM ?
Quand je pense à lui...
BRR
Bonne nuit !
BOH, TANT PIS.
Mes mains se mettent à trembler.
FLAP
FLAP
Questionnaire
Vœux universitaires
TSS ! TSS ! TSS !

HM !
Et pourtant, j'en suis toujours là.
POC
Littéralement.
CRII
Je pensais que c'était une passade, mais...
PFFFF
MAINTENANT, JE ME SENS COUPABLE...
JE SUIS CREVÉ !
HOAA..
Je me suis traîné cette situation jusqu'au lycée.
Et je suis maintenant certain que je ne peux rien y faire.

J'ai cru que j'étais simplement perturbé...
HA
et que je devais être hétérosexuel.
Je suis sorti avec des filles.
Mon désir pour mon ami d'enfance n'était sans doute lié...
H...
HM...
Qu'à sa gentillesse et son comportement attachant.
H...
HMMM...
BRR
BRR
Mais...
Et je pensais que ces sentiments finiraient par disparaître.
HMPH

CLING
FFF
Parce qu'il y avait aussi une différence...
HMPH
CLING
FRSH
HM !
FFF
SQUISH
dans ce que mon cerveau fantasmait depuis toujours.
Je n'y percevais que les bêtises d'Ataru.
HM...
SQUISH
H...
FF...
SQUISH
H...
HA
SQUISH
HMPH
H...

Nos statures sont différentes.
ARGH !
PAC
Même nos centres d'intérêts de collégiens...
Hé ! Regardez ce que j'ai trouvé dans la chambre de mon grand-frère !
FAIS VOIR !!!
QU...
WAAAAAH !
Alors ?
OH.
Quant aux questions de se sexualité...
0.03
HA
je les vivais à ma manière, dans mon coin.
HMPH

A DIT QU'ON S'ENTENDAIT BIEN, MAIS...
ON SE RESSEMBLE PAS DU TOUT, EN VRAI.
Même si de loin, c'est normal qu'on s'y trompe.
COMMENT ON PEUT ÊTRE AMIS ?
.....
HUM...
ÇA DOIT...
ÊTRE COMME CES PIÈCES DE PUZZLE.
PAC
.....
ELLES S'ACCORDENT À LA PERFECTION, NON ?
C'était l'exemple parfait...
qu'avait trouvé Ataru.

VOUS VOUS ENTENDEZ BIEN, TOUS LES DEUX !
JE VOUS LAISSE FERMER LA PORTE, D'ACCORD ?
Rapportez la clé à l'accueil, d'accord ?
Et ne traînez pas trop non plus.
D'ACCOOORD !
KYÔSUKE, TU TROUVES PAS ÇA EN-NUYANT D'ÊTRE VOLONTAIRE À LA BIBLIO-THÈQUE ?
BOUH
むす
JE T'AVAIS PROPOSÉ DE FAIRE DU SPORT, MOI...
BEN, TU PEUX SIMPLEMENT NE PAS VENIR ICI, DANS CE CAS.
NON. JE SUIS CONCENTRÉ LÀ-DESSUS.
AH, OK.
LA MAÎTRESSE...
?

Depuis ce jour...
On a passé de plus en plus de temps ensemble.
On s'est disputés...
Si ça devenait trop compliqué, j'avais juste à m'excuser.
PARDON.
HA !
Et là, il me disait toujours « Pourquoi tu t'excuses alors que c'est moi qui suis en tort ?! ».
Visiblement, Ataru n'aime pas que je prenne sur moi lors de nos disputes.
Ça l'énerve au point où on se dispute à cause de ça.
GNN
Mais même si ça l'énerve, ça suffit à le calmer.

SERRE
MERCI BEAUCOUP D'ÊTRE RESTÉ…
AVEC MOI !
FWAP
?
YOUPIIII !
JE SAIS LES FAIRE, MAINTENANT !
.....
DE RIEN.

TIC
TAC
TIC
JE...
J'AI FINIIIIIIIIIIIIII !
PFHA
CLAC
!?
PLAF

N...
NON...
BOUHOU
HIC
LAISSE-MOI...
SNIF
JE VEUX Y ARRIVER... TOUT SEUL.
CRSH
FRSH
HU...
SNIF
BRRRR
SNIF
!!?
!?
!?
H...
HU
HMPH
PARCE QUE...
C'EST UN CADEAU.
SNIRFL
.....
SI C'EST PAS MOI QUI LE FAIT, ÇA A PLUS DE VALEUR.
HU
.....
SNIIIIRFL
HMPH
.....
QUOI ?!
CRIII
IL M'EN RESTE À FAIRE.
JE PEUX ME METTRE LÀ ?
EUH, OUI...

OH ?
......
CRSH
CRSH
......
EUH, DIS...
FRP
TU...
EUH...
TU VEUX
DE L'AIDE ?
......
!!?
HÉ !
FWAP
WAAH !

POF
POF
WAOUH !
ONO, T'ES TROP DOUÉ !
ELLES SONT TROP BELLES !
HAAAAN !
OOOOH
EUH...
VOUS VOULEZ DE L'AIDE ?
TU VEUX BIEN ?!
AH ?!
OUI.
ONO, MOI AUSSI...
MERCI BEAUCOUP, ONO !
PFOUUU
Salut !
À demain !
Merci, t'es trop cool !
HOCHE LA TÊTE
À DEMAIN !
BON, PLUS QUE TROIS...
HOP
HMPH
CRSHHH-HHHHH

BLA
Allons, allons, un peu de silence !
C'est l'heure de l'atelier.
BLA
Je présume que certains élèves sont déjà au courant, mais...
NOUS ALLONS NOUS FABRIQUER DES SOUVENIRS POUR LES OFFRIR AUX ÉLÈVES DE SIXIÈME ANNÉE.
AAAAH ?!
OUI, OUI...
BLA
3-2
MAÎTREEESSE !
Waah, cinq ?!
OUIII !
AUJOURD'HUI, NOUS ALLONS PLIER CINQ GRUES EN PAPIER.
D'ACCORD !
BLA
BLA
Maîtresse, c'est trop dur !
Courage !
Oh !! J'ai inversé la tête et le cul !
Ah, c'est vrai !
GYAHAHAHA
Allons !
On ne dit pas « cul » quand on est bien élevé !!
Elle a pas de pattes, c'est marrant !
Quoi ?
Tu l'as bien dit, toi !
!!
.....
FFF

WAAH !
GNNNI
ALORS !
On y va tout de suite ?!
EUH ?!
Viens !
Le petit Shibusawa Ataru...
MAIIIIS...
ATT...
et le petit Ono Kyôsuke...
Mais ça te dérange pas de tricher comme ça... ?
Je peux pas jouer à ta place non plus !
s'entendent si bien !
TAP
C'est ce qu'on disait de nous à l'époque.
C'est pas grave !
Pourtant, les choses ont commencé bien différemment.

BRFSH
ONO !
HA
DÉSOLÉ POUR LE RETARD !
HA
OH, J'AI PAS ATTENDU SI...
NON, VRAIMENT !
BRFSH
EN PLUS, C'EST MOI QUI T'AI DEMANDÉ DE VENIR, TOUTES MES EX...
AH !
PLAF PLAF
EUH...
Ah, c'est ça qui faisait « Brfsh »...
Ouais, mais...
Si t'as le guide stratégique, c'est facile, mais je trouve que ça a plus d'intérêt.
Ce boss est vraiment dur, donc je pourrai t'aider.
QUOI ?
SÉRIEUX ?!
PAC
HEIN ?

PFF
CLING
CLING
À demain !
Salut !
BRFSH
HA
Bof...
BRFSH
HA
BRFSH
HA

Act.
1
FLAP
DING
DONG
DING
DONG

Wakame Kuki